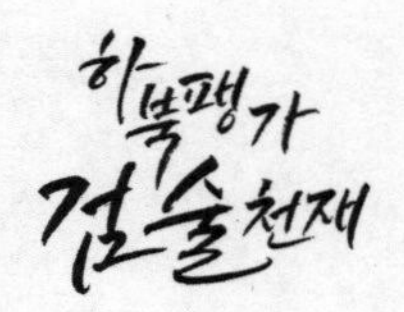
하북팽가
검술천재

KB123731

하북팽가 검술천재 34

2024년 8월 20일 초판 1쇄 인쇄
2024년 8월 23일 초판 1쇄 발행

지은이 이도훈
발행인 김관영

기획 박경무 강민구 임동관 조익현 최시준 신정윤
책임편집 주현진
마케팅지원 유형일 장민정

발행처 (주)로크미디어
출판등록 2003년 3월 24일
주소 서울시 마포구 마포대로 45 일진빌딩 6층
Tel (02)3273-5135 **Fax** (02)3273-5134
홈페이지 rokmedia.com **E-mail** rokmedia@empas.com

값 9,000원

ISBN 979-11-408-1734-4 (34권)
ISBN 979-11-354-7650-1 04810 (세트)

이도훈 신무협 장편소설

하북팽가 검술천재

34

차례

인질

위상만의 앞으로 간 한빈은 조용히 그를 바라봤다.

지금 위상만은 공기가 잔뜩 들어간 돼지의 오줌보와 비슷한 상태가 되었다.

모양이 그렇다는 것이 아니라 혈맥의 상태가 그랬다.

위상만의 혈맥은 지금 한계까지 부풀어 올랐다.

빠져나갈 구멍은 모두 용린의 기운이 막았지만, 아직도 위상만은 모든 기운을 빨아들이는 상태.

지금도 옅게 이어진 붉은 선이 양 가면을 쓴 고수의 발목을 감싸고 있었다.

붉은색 실선과 연결된 양 가면의 고수는 비명도 지르지 못하고 꼬꾸라졌다.

그는 마치 벼락을 맞은 것처럼 부르르 떨더니 정신을 잃었다.

붉은색 실선은 마치 먹이를 찾아 헤매는 늑대처럼 번쩍이고 있었다.

기운이 붉은색 실선을 통해 흡수되자 위상만은 까무러칠 듯 입을 벌렸다.

"아, 아……."

하지만 그의 입에서 비명은 튀어나오지 않았다.

비명마저도 지를 수 없는 것이다.

전혀 다른 힘들이 위상만의 혈맥을 헤집고 다녔다.

관자놀이에는 지렁이가 꿈틀대듯 힘줄이 튀어나와 있었다.

이제는 한계였다.

안이 꽉 찬 오줌보에 계속해서 바람을 불어 넣으면 어떻게 될까?

지금 붉은 기운은 계속해서 위상만의 혈맥 속으로 스며들고 있었다.

한빈은 쪼그려 앉아서 위상만을 보았다.

그를 보던 한빈은 미간을 좁혔다.

생각해 보니 위상만은 너무 쉽게 무너졌다.

한빈은 무한한 힘을 가진 위상만을 위해서 겹겹이 덫을 쳐 놓았다.

그런데 딱 첫 번째 덫에 걸린 것이다.

그 말은 위상만이 그 힘을 쓴 지 얼마 안 된다는 말이었다.

한빈은 그가 구월석의 힘을 빼앗은 게 아니라 받았다고 결론을 내렸다.

그렇다면? 반드시 그 힘을 준 이가 있을 터였다.

하지만 그 힘을 준 이는 아직 모습을 드러내지 않고 있었다.

물론 이 섬에 없을 수도 있었다.

한빈이 주변을 둘러보고 있을 때, 갑자기 천장이 무너졌다.

우르르.

천장에서 떨어지는 돌가루가 한빈과 위상만을 덮쳤다.

하지만 한빈은 아무렇지 않게 만월을 꺼내 들었다.

'부창부수.'

왼손에 든 만월에는 하북팽가의 절기인 혼원벽력도의 힘을 담았다. 정확히는 용린검법의 혼원벽력검!

혼원벽력검의 기세가 검막을 만들어 냈다.

순간 돌덩이가 검막에 부닥쳤다.

파바박!

돌덩이는 멈추지 않았다.

처음에는 자잘한 돌멩이가 떨어지다가, 시간이 지나자 산

사태라도 일어난 것처럼 거대한 돌덩이가 떨어졌다.

우르르.

물론 혼원벽력검으로 펼친 검막을 뚫지는 못했다.

검막에 부딪힌 돌덩이는 사방으로 흩어졌다.

위쪽에서 떨어지는 돌덩이는 평범한 것이 아니었다.

검은빛을 띤 것이, 누가 봐도 구월석이었다.

그렇다면 이것은 자연현상이 아닌 누군가의 공격이라는 것.

구월석을 공격한다는 것은 한빈의 내공을 빼앗으려 함이 분명했다.

더해 지금 구월석을 던지는 자는 위씨세가에 기연을 준 자가 확실했다.

과연 누굴까?

아마도 백경의 인물 중 하나일 가능성이 컸다.

머리로는 추리를 이어 나가는 한편, 한빈은 끊임없이 돌덩이를 쳐 내야 했다.

투두둑.

위쪽에서 떨어지는 돌덩이는 멈출 줄 몰랐다.

만약에 일반적인 내공을 썼다면 단전이 텅텅 비었을 터다.

다행히도 한빈이 지금 쓰고 있는 것은 용린의 기운.

혼원벽력검은 하북팽가의 혼원벽력도와 뿌리를 같이하는 무공이었다.

도를 쓰면 혼원벽력도요, 검을 쓰면 혼원벽력검이었다.

완벽한 형태가 갖추어질 때쯤 하북팽가는 도법으로 강호에 이름을 날리게 되었다.

그런 이유로 도법만이 남게 된 것이다.

하지만 한빈이 혼원벽력도를 복원하면서 완벽한 검술의 형태를 이루게 되었다.

혼원벽력도의 요결은 강한 힘으로 뇌전을 만드는 것이 기본.

그 힘으로 상대를 찍어 누르는, 천상천하 유아독존의 이기적인 도법이었다.

한빈의 만월도 지금 이 순간만큼은 극강의 기운을 띠고 있었다.

지금 용린의 기운은 마치 뇌전을 머금은 뇌룡처럼 주변으로 퍼져 나가고 있었다.

마치 뇌전으로 만든 우산을 쓴 것 같은 광경.

검막을 이용해서 소나기처럼 떨어지는 돌덩이를 쳐 낸다기보다는, 알아서 검막을 피해 가고 있었다.

파바박!

구월석과 용린의 기운은 완벽한 상극.

한빈은 누가 나오든 자신 있었다. 이 순간 한빈은 한 가지 계획을 추가했다.

그것은 바로 이곳 구월도를 접수하는 것이다.

구월도를 접수한다는 것은 이 힘을 가진 자를 자신의 수하로 둔다는 뜻이다.

아마도 조금만 지나면 그자가 모습을 드러낼 터였다.

파박!

검막을 맞고 튕겨 나간 돌덩이가 사방으로 흩어졌다.

눈 깜짝할 사이에 공간을 메워 버린 돌덩이.

드디어 천장에서 떨어지던 돌덩이가 멈추었다.

순간 한빈은 뒤쪽을 돌아보며 손가락을 튕겼다.

딱!

이것은 모두 후퇴하라는 신호였다.

멀찌감치 물러나 있던 초아가 한빈을 향해 외쳤다.

"주군!"

"됐으니 갑판으로 돌아가서 기다려라!"

한빈이 다시 손가락을 튕겼다.

그 신호에 설화가 초아를 잡고 바로 강물과 연결된 구멍으로 뛰어내렸다.

팍!

청화는 자청을 잡고 뛰어내렸다.

팍!

이제 한빈만이 남은 상황.

한빈은 재빨리 월아의 방향을 바꾸어 위상만의 목덜미에

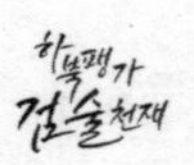

갖다 댔다.

그러고는 천장을 보고 외쳤다.

“장난은 그만!”

한빈의 외침에 위쪽에서 검은 신형이 번개처럼 아래로 내리꽂혔다.

팍!

검은 신형의 정체는 사내였다.

사내는 오른손에 망치를 들고 있었으며 왼손에는 집게를 들고 있었다.

거기에 은색 투구까지 쓰고 있었다.

다만 이상한 것은 그의 체구였다.

그의 체구는 보통 사람과 달랐다.

신장은 지금은 떠나고 없는 소군 정도밖에 안 됐지만, 어깨는 딱 벌어진 것이 외공을 익힌 고수처럼 보였다.

망치를 든 고수가 한빈을 노려봤다.

“남의 섬에 와서 뭐 하는 것이냐?”

그의 목소리에서는 일대종사의 기세가 느껴졌다.

우스꽝스러운 외모와는 어울리지 않는 목소리였다.

한빈은 재빨리 표정을 숨기고 물었다.

“당신이 이곳의 주인이오?”

“그렇다!”

“하나만 묻겠소.”

"물어봐라."

"이자와는 어떤 관계요?"

한빈이 위상만을 가리키자, 은빛 투구를 쓴 사내가 눈을 가늘게 떴다.

"도주(島主)는 우리의 희망이다."

"그럼 이자가 당신의 주인이란 말이오?"

"그렇다."

"그럼 무릎을 꿇으시오."

"싫다."

"조금 말이 짧군요."

"도주는 죽여도 좋다. 어차피 새로 뽑으면 되니까."

"잠시만……. 새로 뽑는다고 했소?"

"도주는 우리의 희망을 이루어 줄 구세주. 너 같은 놈에게 목숨을 잃는다면 도주 자격이 없다."

"그거 하극상 아닙니까?"

"우리 구월족은 힘이 없는 자에게 기대지 않는다."

"구월족이라……."

"우리는 구월석을 만들던 대장장이의 후손이다. 구월족과 천위족만이 월석을 제대로 제련할 수 있었지. 하지만 강호인들은 우리를 그냥 두지 않았다. 우리의 힘이 두려웠던 게지."

"처음 듣는 애기군요. 그럼 그대가 구월족? 그리고 이자가 천위족이라는 말이오? 공통점은 대장장이의 후예고?"

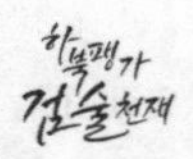

"그렇다."

"들어 보니 내 생각에는 제법 비밀스러운 이야기 같은데……. 그런 얘기를 내게 해 주는 이유가 도대체 뭐요?"

"너는 어차피 죽을 테니까. 아니, 죽지 않는다고 해도 평생 내 노예가 되겠지."

"내가 죽는다고 했소? 그도 아니면 노예가 된다고?"

한빈이 어깨를 으쓱하자, 그가 망치를 내밀었다.

"네가 소란을 일으킨 덕분에 구월도에는 천라지망이 펼쳐졌다. 천 리 밖의 구월족이 모두 이곳으로 모여들고 있으니 너는 빠져나갈 수 없다."

"그럼 현재 이 섬에 남아 있는 구월족은 당신 하나요?"

"그걸 왜 묻나?"

"지금 고민 중이오. 당신을 인질로 하면 좋을까? 아니면 이자를 인질로 하면 좋을까?"

"오만하군."

"이름이나 말해 보시오. 나는 팽한빈이라고 하오."

"나는 구월족의 만수(萬手)라고 한다."

"특이한 이름이군."

"그대의 이름보다는 사람다운 이름이지."

"결심했소."

"결심할 필요 없네. 그대가 선택할 수 있는 것은 아무것도 없으니……."

"길고 짧은 것은 대봐야 안다는 강호 속담이 있지 않소!"

말을 마친 한빈은 고개를 돌려 위상만을 바라봤다.

겨우 호흡을 유지하고 있는 위상만은 언제 꺼질지 모를 호롱불과도 같았다.

기름이 떨어지면 호롱불이 꺼지듯, 한계를 벗어나면 위상만의 혈맥도 걸레가 될 터.

한빈은 슬쩍 고개를 숙였다.

"반 시진."

"……."

위상만이 눈을 끔벅이자, 한빈이 다시 말을 이었다.

"혈맥이 터지기까지 남은 시간이 반 시진이라고. 내가 죽으면 너도 죽고 내가 살아도 너는 죽는 거야."

한빈이 위상만을 보면서 웃었다.

순간 위상만의 눈빛이 다시 흔들렸다.

괴로움에 숨을 헐떡이고는 있지만, 지금이 어떤 상황인지 그는 인지하고 있었다.

위상만은 만수의 말대로 천위족의 후손이었다.

구월족은 월석을 제련하는 데 뛰어났고, 천위족은 월석을 사용하는 데 특별한 능력을 지니고 있었다.

구월족이 구월도에서 힘을 키우고 있는 동안, 천위족은 강호에서 힘을 키우고 있었다.

둘이 힘을 합치게 되면 세상에 복수하는 것도 어렵지 않다고 생각했다.

그런데 지금 돌발 상황이 생긴 것이다.

그 돌발 상황이라는 것은 바로 하북팽가 막내 공자의 등장.

하북팽가 막내 공자의 등장은 구월도의 세력 판도를 완전히 바꾸어 놓았다.

지금까지는 위상만이 구월족인 만수의 위에 있었다.

구월족의 만수는 그들의 족장.

그의 특징은 필요 없다고 느끼면 포기가 빠르다는 것이다.

지금 만수는 위씨세가의 존재를 털어 내고 싶어 하는 것이 분명했다.

위상만은 이를 악물었다.

이 아수라장에서 어떻게든 살아남고 싶었다.

이제는 세상에 대한 복수, 강호에 대한 복수는 두 번째 문제였다.

무조건 살아남는 것이 위상만의 목표였다.

하지만 들끓어 오르는 혈맥을 진정시킬 수 없었다.

위상만은 희미해지는 기억을 다잡고 고개를 돌렸다.

멀리 벽 쪽에 위지약과 위지천이 쓰러져 있었다.

문제는 그들의 상태가 위상만보다 안 좋다는 점이었다.

위상만은 바닥에 몸을 비벼 봤다.

하지만 그의 몸을 감싸고 있는 묘한 기운은 사라지지 않았다.

그때였다.

쇳소리가 귀청을 울렸다.

깡!

검과 망치가 부딪치는 소리였다.

월아와 병장기를 맞댄 만수가 묘한 표정을 지었다.

"좋은 검이군. 훌륭한 대장장이의 작품이야."

"내가 만든 검이요. 물론 조금 도움은 받았지만 말이오."

"오호, 살려서 평생 부려 먹어야겠군."

"당신은 나와 통하는 데가 있군."

한빈이 씩 웃으며 상대의 단전을 향해 만월을 뻗었다.

혼원벽력검의 검막이 상대를 옭아 넣었다.

그 상태에서 한빈은 월아를 뻗었다.

'성동격서!'

용린의 기운을 품은 월아가 뇌전을 머금은 검막 사이로 나왔다.

월아는 마치 갈대밭에서 독사가 날아오는 듯 날카로운 기세를 뽐냈다.

순간 상대는 반사적으로 왼손에 들고 있는 집게로 월아를 잡았다.

동시에 월아가 상대의 눈앞에서 사라졌다.

바로 성동격서의 묘리였다.

한빈이 노리는 것은 상대의 요혈이 아니었다.

한빈이 노리는 것은 상대의 무기.

가만히 보니, 상대는 그의 무기에 자부심을 느끼고 있었다.

한빈은 그 감정을 누구보다 잘 알고 있었다.

월아를 만들며 하북제일의 대장장이에게 망치질을 배운 한빈이었다.

한빈에게는 하북 최고의 대장장이에게 물려받은 장인의 피가 흐른다고 봐도 되었다.

지금 한빈은 무인이 아닌 대장장이의 눈으로 상대를 바라보고 있었다.

한빈의 눈에는 상대의 초식이 똑똑히 보였다.

그것은 무공보다는 대장장이의 망치질에 가까웠다.

한빈의 검 끝이 상대가 들고 있는 망치의 손잡이에 적중했다.

쿠앙!

생각지도 못한 과격한 굉음이 둘 사이에 울렸다.

굉음과 동시에 둘 사이에 파문이 생겼다.

이전과 마찬가지로 구월석과 용린의 기운이 반응한 것이다.

거기에 더해 만수의 망치는 그 어떤 구월석보다 더 순수했다.

만수와 한빈은 뒤로 한 발 물러나 서로를 바라봤다.

먼저 입을 연 것은 한빈이었다.

"그 실력으로 나와 겨루겠다고?"

"내 무공이 부족한가?"

"무공이라……. 당신은 거짓말쟁이군요."

"그게 무슨 말이지?"

"당신은 무인이 아니라 대장장이잖소."

"그게 어쨌다는 이야기인가? 나는 이 망치로 그 어떤 강철도 납작하게 만들 수 있지. 자네마저도 말이야."

"쇠를 두드리는 것과 사람을 두드리는 것은 엄연히 다르지요. 목숨을 걸고 시간을 끄는 이유가 대체 뭡니까? 혹시 천 리 밖에 있다는 구월족을 기다리는 겁니까?"

"천 리라……. 픕."

만수가 헛웃음을 터뜨렸다. 동시에 고개를 돌렸다.

고개를 돌린 만수가 망치를 들었다.

그러고는 왼손에 잡은 집게로 망치를 쳤다.

퉁. 퉁!

마치 징을 치는 듯한 소리가 주변으로 울려 퍼졌다.

그때였다.

어디선가 같은 소리가 들려왔다.

퉁. 퉁!

마치 만수의 소리에 화답하는 것 같았다.

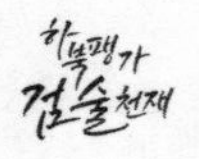

그 소리는 점점 가까워졌다.

퉁. 퉁. 퉁!

줄어들기는커녕 점차 늘어나는 징 소리!

한빈은 고개를 흔들었다.

"마치 늑대가 무리를 부리는 것 같군요."

"그렇다네. 그 무리는 벌써 도착했지."

만수가 망치를 들어 입구를 가리켰다.

그곳에는 만수와 비슷한 체격의 대장장이들이 눈을 빛내고 있었다.

작은 신장에 보통 사람들과는 비교도 할 수 없는 팔뚝을 보아, 구월족이 분명했다.

입구를 가득 채운 것도 모자라서 길게 줄을 서 있으니, 얼핏 봐도 마흔 명은 넘어 보였다.

아마도 그보다 더 많을 수도 있었다.

모든 구월족이 이곳으로 몰려왔을 리는 없으니까.

자세히 보니 뒤쪽에는 어린아이까지 있었다.

다부진 체격을 하고 있지만, 어린아이는 수염이 없어서 쉽게 알아볼 수 있었다.

거기에 앳되어 보이는 얼굴까지!

하지만 공통으로 적의에 찬 눈을 하고 있었다.

한빈은 주위를 둘러봤다.

그들은 무인이 아닌 대장장이가 분명했다.

그들 중 무인으로 보이는 자는 하나도 없었다.

아이가 있다는 것으로 봐서 이곳에 터전을 잡은 대장장이일 터.

한빈이 눈을 가늘게 떴다.

“미안하지만, 연기가 어설프군요.”

“그게 무슨 말이냐?”

“무인도 아니고 그렇다고 악당도 아니고……. 가족까지 싸움터로 데리고 오는 무인은 그 어디에도 없습니다. 그만큼 훈련이 안 됐다는 거겠지요.”

한빈은 무리의 뒤쪽을 가리켰다.

모두의 시선이 그곳을 향했다.

순간 만수의 눈이 커졌다.

“망아야! 네가 어찌 이곳에…….”

“아드님 이름이 망아군요. 쩝.”

한빈이 입맛을 다시며 월아를 들었다. 순간 만수가 한빈의 앞을 막았다.

만수뿐 아니라 다른 구월족의 대장장이들도 망치를 높이 들고 기세를 피워 냈다.

기세를 피워 낸 그들은 점점 앞쪽으로 다가갔다.

쿵. 쿵.

마치 위협을 가하듯 구월족이 한빈을 향해 다가왔다.

그때였다.

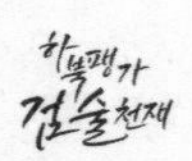

한빈이 조용히 웃었다.

"이렇게 모두가 모였으니 이제 끝내야겠군요."

말을 마친 한빈이 뒤를 돌아봤다.

뒤쪽에는 죽을 시간만 기다리고 있는 위상만이 있었다.

한빈은 그를 향해 월아를 뻗었다.

순간 구월족의 만수가 한빈을 향해 달려들었다.

"그만하거라!"

"왜 그러지요? 어차피 도주를 새로 뽑으면 된다고 하지 않았습니까?"

"……."

만수는 대답도 하지 않고 망치를 뻗었다.

한빈은 한쪽 손으로 만수의 망치를 잡았다.

동시에 만수가 망치를 든 채 튕겨 나갔다.

그 모습을 본 구월족의 대장장이들이 입을 벌렸다.

그들은 겁을 먹은 채 더는 다가오지 않았다.

누가 봐도 무인이 아닌 평범한 대장장이들이었다.

그때 만수가 외쳤다.

"두려워 말고 저자를 쳐라!"

순간 구월족의 대장장이들이 다시 망치를 높이 치켜들었다.

와아!

함성을 지르며 다가오는 대장장이들은 조금도 물러설 기

미가 없었다.

순간 한빈은 월아를 검집에 갈무리하며 조용히 허공을 바라봤다.

갑작스러운 한빈의 행동에 대장장이들이 멈칫했다.

한빈이 지금 확인하고 있는 것은 새로 얻은 초식, 일벌백계였다.

[천외천급 일벌백계(一罰百戒) : 일벌백계는 용린검법 최고의 섭혼술입니다. 일벌백계는 하나를 꾸짖음으로써 그 아래 백 명을 훈계(訓戒)할 수 있습니다. 일벌백계는 지(智)의 구결을 사용합니다. 지의 구결은 훈계한 상대의 숫자만큼 소모됩니다. 굴복한 상대에게만 효과가 있습니다. 백 걸음 안에 있는 자를 대상으로 합니다.]

이것이 한빈이 우두머리를 찾으려고 했던 이유였다.

일벌백계를 사용하면 우두머리와 그 아래 수하들 모두에게 훈계할 수 있다고 나와 있다.

하지만 몇 가지 문제가 있었다.

가장 큰 문제는 훈계(訓戒)의 정의가 정확히 나오지 않았다는 점이다.

거기에 더해 일벌백계가 우두머리를 비롯한 그 아래의 사람들에게 적용된다는 점도 문제였다.

그렇다면?

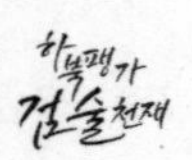

만약에 우두머리를 잘못 짚으면 그 아래 수하들에게 영향을 끼칠 수 없다는 말도 되었다.

즉, 일벌백계를 사용하려면 우두머리를 정확하게 찾는 것이 먼저였다.

한빈은 처음엔 만수가 우두머리라고 생각했다.

하지만 몇 번 병장기를 맞대면서 생각이 바뀌었다.

만수는 병장기를 맞댈 때마다 위상만 쪽에 피해가 가지 않도록 조심하고 있었다.

도주를 새로 뽑으면 된다고 했으면서 그리 조심하는 이유가 무엇일까?

한빈은 그의 행동을 충분히 이해할 수 있었다.

누군가 인질로 잡혔을 때 한빈도 만수와 같이 행동할 것이었다.

인질의 가치를 높이는 순간 상대에게 무릎을 꿇을 수밖에 없으니 말이다.

한빈은 재빨리 손을 뻗었다.

동시에 용린의 기운이 한빈의 오른손에 모였다.

'일벌백계!'

용린의 기운이 위상만의 백회혈에 파고들었다.

그때였다.

한빈은 고개를 갸웃했다.

아무리 봐도 위상만과 구월족에는 아무런 변화도 없었다.

천외천급 구결인데 아무런 효과도 없다니!

한빈은 사기당한 느낌마저 들었다.

잠시 머뭇거리던 한빈은 위상만을 덮고 있던 용린의 기운을 회수했다.

그리고 곧바로 기사회생의 초식을 펼쳤다.

순간 다 죽어 가던 위상만의 혈색이 돌아왔다.

기침을 몇 번 한 위상만은 멍하니 한빈을 바라봤다.

그 눈빛에 적의는 없었다.

한빈은 일벌백계의 문구를 다시 떠올렸다. 설명에는 굴복한 자에게만 효과가 있다고 쓰여 있었다.

만약에 위상만이 굴복한 게 아니라면?

한빈이 고민하고 있을 때.

주변의 공기가 묘하게 바뀌었다.

퀴퀴한 냄새는 사라지고 주변이 청아한 향기로 뒤덮였다.

그것은 용린의 기운이었다.

한빈이 만들어 낸 것이 아닌, 위상만의 주변에서 퍼져 나오는 기운이었다.

기운이 주변을 덮기 시작하자 구월족 대장장이들의 눈빛이 바뀌었다.

그중 만수가 조용히 앞으로 나와 망치를 내려놓았다.

망치를 내려놓은 만수는 눈을 비볐다.

상대의 뒤에 보이는 광채 때문이었다.

그는 자신도 모르게 고개를 숙였다.

굴복이 아닌 존경의 표시였다. 지금까지 겨뤘던 상대라는 생각이 들지 않았다.

만수는 상대에게서 선기를 느꼈다.

누군가에게서 느꼈던 선기와 비슷한 종류의 것이었다.

만수의 눈에는 상대가 신선으로 보였다.

사실 만수는 위상만을 배신한 적이 없었다.

적에게 덜미를 잡히지 않기 위해서 새로운 도주를 뽑는다고 큰소리를 쳤을 뿐이었다.

위상만은 도주이자, 자신의 친구였다.

죽어 가던 그가 살아나다니!

그런데 그를 살린 것이 바로 적이라고 생각하고 공격했던 팽한빈이라는 자였다.

손가락을 까닥하는 것만으로 사람을 살릴 수 있는 신묘한 무공이라!

신선이 아니고서야 불가능한 일이었다.

만수는 상대를 향해서 포권했다.

그 뒤에 있던 다른 대장장이들도 마찬가지였다.

만수의 아들인 망아까지 한빈을 향해 고개 숙였다.

순간 훈훈해지는 내부의 바람은 분명히 착각이 아니었다.

그들의 행동에 한빈은 한숨을 쉬었다.

한빈은 무인이 아닌 대장장이들까지 해하고 싶지는 않았다.

일벌백계의 정확한 효과는 모르겠지만, 어쨌든 무사히 넘어간 것 같았다.

이제는 뒤처리가 남았다.

그중 가장 중요한 것은 만수와의 대화였고, 그다음이 위씨세가의 처리였다.

한빈이 위지약과 위지천을 확인했다.

순간 한빈의 눈이 커졌다.

위지약과 위지천마저 한빈을 향해 고개 숙이고 있었다.

그러다가 바닥의 한 곳을 본 한빈은 겨우 웃음을 찾았다.

그곳에는 심미호가 얼굴만 내놓은 채 멍한 얼굴을 하고 있었다.

한빈은 심미호를 바라보며 손을 까닥였다.

"심 부대주, 그만 나와도 돼."

"정말로요?"

"그래, 일단 나와."

"아, 알겠어요. 주군."

곡괭이를 든 심미호는 밖으로 나와서 경계했다.

순간 만수가 심미호를 바라봤다.

시선이 마주치자 심미호가 뒤로 한 발 물러났다.

묘한 체구에 우락부락하게 생긴 만수 때문이었다.

경건한 표정으로 한빈에게 고개를 숙이고 있지만, 그의 체구와 인상은 적응이 되지 않았다.

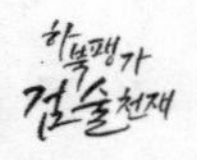

그날 오후.

구월도의 도주실.

섬의 가장 높은 곳에 있는 구월도의 도주실 안에, 위상만과 만수가 나란히 앉아 있었다.

그 앞에는 한빈이 마주 앉아 있었다.

한빈은 아무 말 없이 김이 모락모락 나는 찻잔을 보고 있었다.

한빈은 제법 많은 이야기를 들었다.

그것은 천위족과 구월족에 관한 이야기였다.

그들의 이야기를 듣고 난 한빈은 고개를 끄덕일 수밖에 없었다.

한빈이 위씨세가를 증오하던 이유가 무엇이었던가?

한마디로 말하면 바로 뒤통수를 맞아서였다.

그런데 구월석을 제련하던 소수 부족인 천위족과 구월족은 세상에 버림받았다.

복수의 명분은 확실했다.

하지만 한빈은 그들의 복수를 그저 보고만 있을 수는 없었다.

다행히도 그들은 아직 일벌백계의 영향을 받고 있었다.

즉 한빈의 영향력 아래에 있다는 것이다.

문제는 이 영향력이 얼마나 갈지 모른다는 점이었다.

"그래서 원하는 것이 세상에 대한 복수입니까?"

"그렇습니다. 우리는 오랜 세월 이 일을 잊지 않고 있었습니다, 대협."

만수가 정중한 태도로 답했다.

그는 이제 한빈은 대협이라 칭하고 있었다.

"채석장의 인부들은 누가 납치해 온 겁니까?"

한빈이 말한 것은 강제로 지하에서 월석을 캐고 있는 이들이었다.

만수가 재빨리 답했다.

"그건 저희가 납치한 것이 아닙니다."

"그럼 누가 납치해 왔단 말입니까?"

"신선 어르신이 데려온 자들입니다."

"신선 어르신이라니요?"

"저희의 복수를 도와주기로 한 어르신입니다."

"잠시만요. 그럼 백경의 또 다른 인물이 있단 말입니까?"

"그분이 백경의 인물인지는 모르겠습니다. 하지만 천위족과 구월족의 안식처인 이곳을 제공해 주셨습니다. 사실 대협에게서는 그분의 향기가 납니다."

"제게서요?"

"느낌일 뿐입니다."

만수가 조용히 한빈을 바라봤다.

한빈은 잠시 턱을 어루만졌다. 왠지 생각나는 것이 있어서였다.

"혹시 북해에서 데려온 자들입니까?"

순간 만수의 눈이 커졌다.

거래

만수의 표정에 한빈은 고개를 돌려 위상만을 바라봤다.

아직 일벌백계의 효과가 남아 있는지 위상만도 고개를 끄덕였다.

아마도 지하에서 일하던 이들은 북해에서 끌려온 자들이 분명한 것 같았다.

한빈은 초아 일행을 설득할 때 그들의 가족을 찾아 주겠다고 약속했었다.

하지만 그들의 흔적을 찾기란 어려운 일이었다.

개방과 하오문의 힘으로도 그들의 흔적을 찾지 못했다.

사실 얼마 후 있을 백경의 회의에 참석하려고 하는 것도 초아와의 약속을 지키기 위해서였다.

물론 아래의 일꾼들이 북해에서 건너온 이들이라고 해도, 그들이 초아나 자청과 관련 있으리라고는 장담할 수 없었다.

모든 마을을 조사해 보지는 않았지만, 백경 선원들의 가족은 대부분 실종된 상태.

실종된 그들의 가족이 이곳에 있을 확률은 떨어지는 별똥별을 비도로 맞힐 만큼도 되지 않을 터였다.

하지만 단서는 찾을 수 있을지도 모른다.

잠시 후.

한빈은 만수의 안내를 받아 일꾼들이 있는 곳으로 향했다.

한빈은 그곳으로 향하는 도중, 용린의 힘이 신선의 힘에 필적한다는 것을 알 수 있었다.

일벌백계의 훈계는 절대적인 복종이었다.

만수를 비롯한 일벌백계 범위 안에 있는 자들은 마치 한빈을 절대자처럼 여겼다.

그 결과 한빈은 위지천이 사용하던 가마에 타고 있었다.

가마꾼으로 온 이들은 양의 가면을 쓴 고수들이다.

지금 그 가마 위에는 심미호도 같이 타고 있었다.

심미호가 불안한 표정으로 주변을 두리번거렸다.

그 모습에 한빈이 물었다.

"왜 그러는 거지? 심 부대주!"

"아무리 생각해도 너무 평온하지 않아요? 이래도 되는 건가 해서요."

"싸움이 끝났으니까 당연한 일이겠지."

"그래도 뭔가 불안하지 않아요? 주군."

"뭐가 불안하다고 그래?"

"한 대 패고 난 상대에게 이런 대우를 받는다는 게 아무래도……."

다시 말끝을 흐리는 심미호의 모습에 한빈이 어깨를 으쓱했다.

"모든 게 강호의 규칙이지!"

"강호의 규칙이라니요?"

"강자존 말고 더 있나?"

강자존이란 강한 자가 살아남는다는 강호의 규칙이었다. 아니 어찌 보면 사람 사는 세상뿐 아니라 야생의 짐승들도 똑같았다.

"그, 그렇군요. 주군."

심미호는 고개를 끄덕이면서도 경계를 늦추지 않았다.

심미호가 이해 안 되는 것은 한 가지였다.

혈투가 끝나고 서로의 어깨를 두드리는 장면은 옛날이야기 속에서는 가능한 일이었다.

실제로 일어난 강호의 사건 사고를 들춰 보면, 피비린내

나는 싸움의 원인에 헛웃음이 날 때가 많았다.

마지막 남은 떡 하나가 원인이 되기도 하고, 아이들 싸움이 시초가 되기도 했다.

그런데 힘에 굴복했다고 이렇게 복종한다고?

이것이 심미호가 이해가 안 되는 부분이었다.

심미호는 자신도 모르게 곡괭이를 움켜잡았다.

그때 옆에서 따라오던 만수가 말했다.

"대장장이와 광부는 떼려야 뗄 수 없는 관계 아니겠습니까. 같은 분을 모시는 처지에 잘해 봅시다."

"저 광부 아닌데요."

심미호가 기겁하며 곡괭이를 숨겼다.

그 모습에 만수가 말했다.

"직업에는 귀천이 없다고 하지 않습니까? 광부면 어떻습니까. 망아의 어미도 본래는 광부였습니다."

"지금 무슨 소리를……."

"어이쿠, 오해 살 만한 말을 했군요. 그럼……."

만수는 휘파람을 불며 앞으로 갔다.

그 모습에 심미호가 한숨을 쉬며 한빈을 바라봤다.

"주군, 진짜 안심해도 되는 거 맞죠?"

"당분간은……."

"그게 무슨 말씀이에요?"

"사람의 마음이 변하는 것도 강호의 법칙이지."

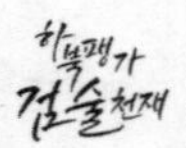

한빈은 피식 웃으며 허공을 바라봤다.
지금 보고 있는 것은 용린검법의 구결이었다.

[지(智) : 오십이(五十二)]

일벌백계에 한빈이 사용한 구결은 정확히 마흔여덟 개였다.
한 사람당 하나를 소모했으니, 일벌백계의 효과 아래에 있는 자는 마흔여덟 명이었다.
그중에는 위상만과 위지천, 그리고 양의 가면을 쓴 고수도 포함되었다.
일벌백계의 효과로 이런 호사를 누리는 것까지는 좋지만, 문제가 하나 생겼다.
일벌백계의 효과가 없어져야 지의 구결 개수가 회복된다는 점이었다.
일벌백계의 효과가 신선도 울고 갈 정도라지만, 이대로라면 지의 구결을 다시 채울 방법이 없었다.
이것은 천외천급 초식인 일벌백계의 부작용이라고 봐야 했다.
반대로 지의 구결이 돌아왔다는 것은 일벌백계의 효과가 사라졌다는 것이다.
그렇게 되면 이들과 다시 적으로 마주쳐야 할 수도 있었다.

지금은 일벌백계의 효과가 계속되고 있으니, 일단 안심해도 좋은 상황이었다.

그 효과가 지속되는 동안 한빈은 최대한 그들의 사정을 속속들이 파악해야 했다.

그때였다.

한빈은 심미호에게 쪽지를 하나 건넸다.

쪽지를 본 심미호가 잽싸게 물었다.

"진짜 괜찮을까요?"

"이번 일에는 백경의 선원들이 필요하니 빨리 데려와."

"네, 주군."

포권한 심미호는 가마에서 뛰어내렸다.

어딘가로 달려가려는 심미호를 한빈이 불렀다.

"어디로 가려고?"

"통로를 찾아봐야죠. 이대로 나가면 싸움이 벌어질 건 뻔하잖아요, 주군."

심미호는 주변을 가리켰다.

길 곳곳에는 양의 가면을 쓴 무사들이 경계하고 있었다.

한빈은 심미호의 넉살에 웃었다.

심미호는 만수와 위상만에게 자신을 안내할 사람을 대령하라고 무언의 압박을 하는 것이다.

생각해 보면 심미호의 이러한 정치 능력도 많이 늘었다.

심미호의 말을 알아들은 만수가 구월족 대장장이에게 안

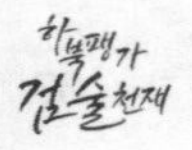

내를 맡겼다.

사사 삭.

심미호는 재빨리 구월족 대장장이를 잡아끌었다.

한참을 가던 심미호는 못마땅한 표정으로 구월족 대장장이를 한쪽 손으로 안아서 옆구리에 꼈다.

동시에 심미호는 시야에서 사라졌다.

사사삭.

한빈이 내린 지시는 간단했다.

초아와 자청 그리고 나머지 선원을 이쪽으로 오라고 한 것이다.

잠시 후, 지하 작업장.

한빈이 끌려왔던 길과는 다른 길로 들어왔다.

지금 지나온 길에는 야명주가 밝혀져 있었으며, 바닥이 깔끔하게 정리되어 있었다.

한빈이 길을 자세히 보자 옆에서 수행하던 위상만이 말했다.

"도주(島主)의 전용 길입니다."

"그렇군요."

한빈의 말투도 상냥해졌다.

사실 위상만과는 풀어야 할 숙제가 많았다.

일단 한빈과 위씨세가는 원한 관계였다.

한빈에게 쌓인 것은 전생의 원한이지만, 위상만에게 쌓인 것은 현생의 일이었다.

지금은 백경과 구월도에 붙어 있다지만, 그들은 엄연한 위씨세가였다.

한빈은 현장에 도착하기 전에 이 문제부터 풀기로 했다.

"살아 있습니다."

"그게 무슨 말입니까?"

"그대의 형님이 살아 있다고 했습니다."

"자, 잠시만요."

위상만이 눈을 크게 떴다. 감정이 요동치는 듯 그의 눈동자가 흔들렸다.

풍랑을 만난 것 같던 그의 눈동자가 금방 이성을 찾았다.

아마도 일벌백계의 효과 때문인 듯싶었다.

그가 진지한 표정으로 물었다.

"어찌 살아 있다는 겁니까?"

"금의위가 데려갔습니다. 위씨세가와 십대세가의 원한은 그 싸움으로 끝이 났지만, 남아 있던 것이 있습니다."

"남아 있던 것이라니요?"

"도탄에 빠진 백성들입니다. 당시 위씨세가가 한 일은 세상 모두가 알고 있습니다. 그에 대한 죄는 무림이 아닌 관의

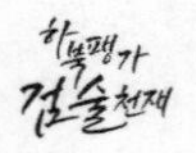

소관이겠지요."

"그 애기를 제게 하는 이유가 뭔지 궁금합니다."

"사정은 알고 있어야 할 것 같아서 얘기하는 겁니다."

한빈이 조용히 어딘가를 바라봤다.

그곳은 황궁이 있는 동쪽이었다.

일벌백계의 효과 때문인지 아니면 자신의 형이 살아 있다는 말을 들어서인지, 위상만의 표정은 차분해졌다.

그는 연신 고개를 끄덕이며 동쪽을 바라보았다.

한빈이 이 말을 해 준 이유는 간단했다.

구월족과 천위족의 사정을 들었기 때문이다.

선대의 원한을 지금에 와서 갚는다는 그들의 행위가 정당화될 수는 없겠지만, 한빈은 그들의 감정이 어느 정도 이해가 되었다.

한빈이 제시하고 싶은 것은 설득이 아닌 거래!

지금 한빈은 그 거래의 밑밥을 깔고 있는 중이었다.

자신의 형이 살아 있다는 것을 알고 나면 이제부터 해야 할 것이 복수가 아닌 거래임을 그도 알게 될 터.

거래의 대상은 하북팽가가 아닌 황궁이 되어야 할 것이다.

하지만 위씨세가가 황궁에 가지고 있던 끈은 모두 사라졌다.

즉 누군가에게 매달릴 수밖에 없다는 것이다.

사실 예전 같았으면 거래 자체를 생각하지 않았을 것이다.

이용당한 것이 그들의 의지라면, 거래는 애초에 생각할 수 없었다.

하지만 도구였다면 이야기가 달라진다.

한빈은 천위족이 누군가의 도구였다고 확신했다.

전생의 자신처럼 말이다. 그뿐 아니라 전생의 정의맹 그리고 마교와 사파 등 모든 세력이 누군가의 꼭두각시가 아니었나 하는 생각마저 들었다.

전생처럼 뒤통수를 맞지 않으려면 이번 생에는 반드시 꼭두각시처럼 움직이는 모든 것을 자신이 통제해야 했다.

한빈이 원하는 것은 천위족뿐만이 아니었다.

일벌백계의 효과가 끝나기 전에 구월족을 완전히 자신의 편으로 돌려놔야 했다.

월석을 제련해서 구월석을 만들어 내는 그들의 힘은 강호를 순식간에 박살 낼 수 있을 정도였다.

한빈이 그들과 맞설 수 있었던 것은 용린의 기운과 구월석의 힘이 상극이었기 때문.

그것이 아니라면 한빈은 벌써 그들에게 사로잡혀 작업장에서 곡괭이질을 하고 있을 수도 있었다.

천위족, 즉 위상만에게는 틈을 만들어 뒀고 이제부터는 구월족의 틈을 벌릴 차례였다.

간간이 지의 구결을 확인하며 가던 중, 드디어 가마가 멈췄다.

가마에서 내린 한빈은 거대한 작업장을 보고 눈을 크게 떴다.

이곳에서 일하는 일꾼의 규모는 삼백여 명.

대부분이 양의 선주, 즉 위지천의 통제를 받는 자들이었다.

그때였다.

밖에서 소란이 일어났다.

챙. 챙!

병장기 부딪치는 소리가 주변에 울려 퍼졌다.

그 소리에 모두가 병장기를 뽑아 들었다.

이곳까지 같이 왔던 구월족도 망치를 들고 경계 태세를 취했다.

하지만 전혀 도움이 되지는 않았다.

구월족의 신장이 작은 관계로 한빈의 상체는 훤하게 드러나 있었다.

구월족은 누군가를 호위하기에는 어울리지 않았다.

대신 목소리는 그 누구보다 더 컸다.

"누구냐!"

구월족의 족장 만수의 목소리였다.

위상만도 기세를 줄기줄기 피워 냈다.

그때 통로의 다른 쪽 문이 세차게 열렸다.

팡!

거칠게 열린 문틈으로 양의 가면을 쓴 고수들이 뒷걸음쳤다.

"어딜 들어오는 게냐!"

"빨리 비켜!"

양의 가면을 쓴 고수들을 몰아붙이는 목소리가 귀에 익었다.

목소리를 확인한 한빈은 재빨리 달려가며 외쳤다.

"모두 멈추시오!"

한빈의 외침에 모두는 동작을 멈췄다.

마치 시간이 멈춘 듯 벌레 소리마저 끊어졌다.

앞으로 걸어간 한빈은 갑자기 들이닥친 인물 중 가장 앞에 선 이에게 말했다.

"지금 무슨 일이지? 초아."

"주, 주군. 괜찮으셨습니까?"

"시킬 일이 있어서 빨리 오라고 했더니 왜 소란을 일으킨 것이냐?"

"빨리 오라고 하셔서 저는……."

초아가 흔들리는 눈빛으로 주변을 살폈다.

그때 멀리서 곡괭이를 든 심미호가 나타났다.

심미호는 헉헉대며 한빈이 있는 곳으로 뛰어왔다.

한 손에는 곡괭이를 들고 다른 한 손에는 구월족의 대장장이를 안아 든 심미호의 모습은 누가 봐도 어색해 보였다.

헉헉대던 심미호가 대장장이를 내려놓고 말했다.

"이 친구가 걸음이 느려서요."

"그게 이 일하고 무슨 상관이지?"

한빈이 눈을 가늘게 떴다.

한빈이 이유를 설명하라는 듯 턱짓하자, 심미호가 말을 이었다.

"이 친구가 느려도 너무 느려서요."

"흠."

한빈은 구월족의 대장장이를 보며 고개를 끄덕였다.

가만히 보면 구월족의 우두머리인 만수만 봐도 무공이 어설펐다.

정확히 말하면 그들은 내공이 없었다.

모든 동작을 순수한 힘으로만 펼쳤다.

심미호를 안내하겠다고 나선 대장장이도 경공술이라는 것을 익혔을 리가 없었다.

심미호는 계속해서 설명을 이었다.

"초아가 얘기를 끝까지 들어 보지도 않고 이곳 전체를 쑥대밭으로 만들면서 뛰어온 거예요."

심미호가 초아를 가리키자, 한빈이 고개를 돌렸다.

"어디까지 들었는데?"

한빈의 질문에 초아가 검집을 만지작거렸다.

"빨리 오라고 하셔서 그냥 냅다……."

"검은 집어넣어도 돼."

"네?"

"상황을 보면 알겠지만, 대화로 해결됐어."

"주, 주군! 그게 정말이에요?"

"지금 보는 대로……."

"어, 어떻게 이게 가능한 일이죠?"

초아는 아직도 검을 잡은 손을 이리저리 움직였다.

아무리 생각해도 이해가 안 되는 듯싶었다.

물론 태도를 바꿔 놓고 생각한다면, 한빈이라도 이해를 못 할 것이 분명했다.

서로 목을 노리고 달려들던 이들이 몇 마디 말로 화해를 한다?

이것은 있을 수 없는 일이었다.

아마 심미호가 모든 이야기를 전달했다고 해도, 초아는 안 믿었을 것이다.

초아는 주변을 둘러보다 조용히 손을 뻗었다.

한빈은 웃는 얼굴로 초아의 손을 그냥 뒀다.

초아가 하려는 일을 한빈은 알고 있었다.

초아는 한빈의 얼굴을 만져 본 후에야 안도의 한숨을 내쉬었다.

"진짜 주군이 맞네요."

"그래, 내가 한 말도 사실이고."

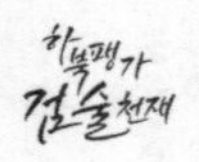

한빈이 초아를 바라보며 흡족한 미소를 지었다.
사실 모든 것을 의심하라는 것은 한빈의 지시였다.
지금 초아는 그 지시를 이행하고 있는 것이다.
웃음도 잠시, 한빈의 표정이 바뀌었다.
한빈은 진지한 표정으로 초아를 바라봤다.
"지금부터 경거망동하지 말고 작업장을 수색한다."
"존명!"
초아가 눈을 반짝이며 주변을 둘러봤다.
앞으로 튀어 나가려던 초아가 다급하게 멈췄다.
"주군, 제가 찾아야 하는 게 뭔데요?"
"네가 아는 사람! 그리고 나머지도 마찬가지다. 자신이 아는 사람을 이곳에서 찾아라."
한빈이 작업장에 있는 일꾼들을 가리켰다.
순간 초아가 고개를 갸웃하며 다시 물었다.
"제가 아는 사람이라니요?"
"저들은 북해에서 이곳으로 끌려온 자들이다."
"그렇다면……."
초아의 눈빛이 살짝 흔들렸다.
초아뿐 아니라 자청을 비롯한 초아의 수하 모두가 떨리는 눈빛으로 주변을 둘러봤다.
그들은 서로를 바라보며 눈빛을 교환했다.
초아는 그들을 향해 고개를 끄덕였다.

임무를 수행해도 된다는 지시였다.

수하들을 먼저 보내고 난 초아는 자신도 모르게 입술을 잘근 깨물었다.

수하들이 걱정되어서였다.

북해에서 끌려온 이들이라고 해도, 이들이 자신과 수하의 가족일 경우가 얼마나 될까?

그 확률은 극히 적었다.

즉, 기대한 만큼 실망도 더 크다는 말이었다.

고민도 잠시, 초아는 천천히 작업자들을 바라봤다.

그때였다.

얼마나 지났을까? 백경 선원들 대부분이 고개를 좌우로 저었다.

아무리 찾아봐도 자신의 가족이 없었기 때문이다.

그때였다.

누군가 천천히 자청의 곁으로 다가왔다.

곡괭이를 들고 있는 중년 사내였다.

손은 거칠었으며 얼굴에는 주름이 잡혀 있었다.

발달한 어깨 근육을 제외한다면 노인으로 봐도 될 정도였다.

천천히 자청의 앞에 다가온 사내가 작게 속삭였다.

"호, 혹시 너는 자청이 아니냐?"

그의 목소리는 갈라져서 쇳소리처럼 들렸다.

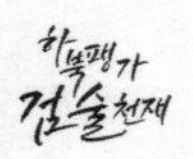

지하 작업장에서 오랫동안 일한 부작용인 듯싶었다.
자청이 조심스럽게 물었다.
"누, 누구세요?"
"저, 정말 자청이구나! 날 자세히 보거라. 나는 하나뿐인 네 오라비다."
중년 사내가 떨리는 목소리로 손을 뻗었다. 자청은 의심스러운 눈빛으로 뒤로 물러났다.
"오라버니라고요? 말도 안 돼요."
자청이 당황한 듯 사내를 바라봤다.
그도 그럴 것이, 그녀가 마을을 떠나올 때 봤던 오라비의 마지막 모습과는 전혀 달랐다.
그녀가 알고 있던 오라비는 북해 최고의 미남자였다.
그런데 지금 눈앞에 있는 사내는 자신의 오라비와는 나이도 달라 보였다.
그때 자청이 작게 속삭였다.
"그렇다면 이름을 대 보세요."
"나는 백로 마을의 자한이다."
말을 마친 사내가 자신의 오른쪽 소매를 걷었다.
어깨까지 소매를 걷어 올리자, 오른쪽 어깨 아래에 석 삼(三) 자 모양의 상처가 드러났다.
순간 자청의 눈이 커졌다. 사내의 상처가 자신의 오라비와 똑같았기 때문이다.

그 상처는 자청을 구하려다가 늑대에게 입은 상처였다.

당시에 얼굴을 다치지 않은 것이 천만다행이라고 마을 사람들이 입을 모았었다.

마을에서 가장 잘생겼던 그녀의 오라비 자한이기에 한 말이었다.

상처로 봐서는 그녀의 오라비가 분명했다.

그런데 얼굴과 목소리는 자청이 생각하던 오라비와는 달랐다.

의심도 잠시, 자청은 천천히 오라비를 향해 손을 내밀었다.

사내와 손을 잡은 자청은 그가 자신의 오라비임을 확신했다.

어릴 적 손을 잡고 눈 덮인 설산에 오르던 기억이 새록새록 어제의 일처럼 떠올랐다.

자청은 조용히 고개를 돌려 한빈을 바라봤다.

그녀는 사실 한빈을 의심했었다.

마을이 사라졌다는 이야기를 들었을 때도, 한빈이 꾸며 낸 이야기가 아닐까 생각했었다.

지금 생각해 보면 의심이 아니라 바람일 수도 있었다.

마을이 통째로 사라졌다는 것은 입을 막기 위해 누군가 벌인 일일 가능성이 크기 때문이다.

그것을 벌인 이가 백경이라면, 어떤 이도 살아 있을 가능

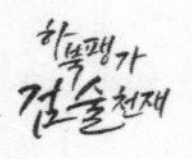

성이 없었다.

유일한 혈육인 오라비를 만나려면 한빈의 말이 거짓이어야 했다.

그런데 이렇게 유일한 혈육인 오라비를 만난 것이다.

자청은 본능적으로 한빈을 향해 부복했다.

"이 은혜는 절대 잊지 않을 겁니다, 주군."

그녀의 행동에 초췌한 얼굴을 한 그녀의 오라비도 한빈을 향해서 무릎 꿇었다.

그때부터였다.

초아의 수하들은 하나둘 자신의 가족을 만날 수 있었다.

사실 이곳에 끌려온 일꾼들은 백경의 백색 무복을 극도로 경계하고 있었다.

그래서 대부분 고개를 파묻고 있었다.

거기에 이곳에 끌려와서 고생한 그들의 외모는 이전과 많이 달라져 있었다.

달라진 것은 일꾼들뿐이 아니었다.

백경의 선원인 초아 일행의 얼굴도 달라져 있었다.

그들이 백경의 무사로 뽑혀 마을을 떠났을 때는 어릴 때였다.

그렇기에 처음에는 서로를 알아볼 수 없었던 것이다.

한빈은 조용히 그들을 바라보며 미소 지었다.

미소 짓던 한빈의 시선이 멈추었다.

그곳에는 멍하니 천장을 바라보고 있는 초아가 있었다.

초아의 옆에는 아직도 가족을 찾지 못한 수하들이 모여 있었다.

그들의 표정은 미묘했다.

가족과 만난 동료들을 축하하고는 싶지만, 그럴 마음의 여유가 없었던 것.

그때 한빈이 만수를 바라봤다.

"여기 모인 일꾼이 전부입니까?"

"아닙니다. 잡일을 하는 일꾼도 있습니다."

"그들도 다 이곳으로 불러 주십시오."

"벌써 그들을 불러오는 중입니다."

만수가 한빈을 향해 미소 지었다.

그 모습에 한빈이 마주 웃었다. 만수를 비롯한 대장장이들은 제법 눈치가 빨랐다.

일을 맡기면 알아서 처리하는 그들의 모습은 누가 봐도 체계가 잘 잡혀 있었다.

잠시 뒤.

줄을 지어서 북해의 일꾼들이 걸어왔다.

얼굴을 보니 이곳 작업장에서 일하는 일꾼들보다는 좋아 보였다.

그들이 막 중앙으로 이동할 때였다.

일꾼을 바라보던 초아가 그들을 향해 달려갔다.

"어, 어머니!"

초아의 외침에 누군가 힐끔 고개를 돌렸다.

그곳에는 초아와 비슷한 여인이 눈을 크게 뜨고 있었다.

북해에서 납치해 온 이들이 한곳에 모이자, 초아의 수하 중 대부분이 가족을 찾을 수 있었다.

사라진 마을 사람들의 대부분이 이곳에 끌려왔었던 것.

마을이 한두 개도 아닌데 이곳에 모여 있다는 것은, 한 명의 지시라는 뜻일 수도 있었다.

물론 모두가 가족을 찾은 것은 아니었다.

이야기를 들어 보니 이곳에 없는 이는 죽었다고 한다.

고된 노역에 몸을 건사하지 못하고 쓰러졌던 것.

초아의 수하 중 몇은 구월족을 향해 적의를 내비쳤다.

구월족을 원수로 판단한 것이다.

그도 그럴 것이, 이곳을 관리하고 가혹한 작업을 시켰던 이는 누구도 아닌 구월족이었다.

그들 중 몇몇은 검집을 매만지며 한빈을 바라봤다.

허락을 구하는 무언의 신호였다.

그들이 입술을 달싹이고 있을 때, 초아가 한빈의 앞에 무릎을 꿇었다.

"제 어미를 찾아 준 것은 감사하지만, 수하 중 몇은 저들에게 분노하고 있습니다. 주군."

"어찌하고 싶으냐?"

한빈이 팔짱을 끼고 초아를 바라봤다.

희비가 교차하는 묘한 상황.

한빈과 구월족의 거래도 중요하지만, 수하들의 감정도 중요했다.

초아가 결심한 듯 말했다.

"주군만 허락하신다면 저들과 생사결을 원합니다. 피는 피로 갚는 것이 강호의 법칙이라고 생각합니다."

비장한 초아의 표정에 한빈이 고개를 돌렸다.

그곳에는 구월족의 수장 만수가 입술을 달싹이고 있었다.

뭐라 말하려는 듯하지만, 정리가 잘 안되는 듯했다.

그때였다.

자청이 다급하게 달려왔다.

"조장, 제 오라버니가 드릴 말씀이 있다고 해요."

"오라버니라면……."

"지금 만난 오라버니요."

자청의 말이 끝나자, 그녀의 오라비 자한이 한 발 나섰다.

자한은 한빈의 앞에 포권한 뒤 조심스럽게 말을 이었다.

"대협께 드릴 말씀이 있습니다."

"말해 보시죠."

"구월족은 저희의 적이 아닙니다. 오히려 저분들 덕에 저희가 버틸 수 있었습니다."

"무슨 말인지 소상히 알려 주시죠."

"그러니까……."

자한은 제법 긴 얘기를 털어놓았다.

양의 가면을 쓴 백경의 선원에게 혹사당할 때마다 구해 준 자들이 바로 구월족이라는 것이 핵심이었다.

구월족은 양의 가면을 쓴 백경의 무사들이 모르는 사이에 그들을 보살펴 왔던 것.

몸이 약한 자는 잡일을 하도록 업무를 변경하고, 버틸 수 있는 자를 이곳 작업장에 투입하며 일꾼들을 배려했다.

그중 자한은 이곳에 남을 것을 자처했다고 한다.

약한 자를 쉬운 업무로 빼기 위해서는 자신이 이곳에 남아야만 했다고 했다.

다른 일꾼들을 통해 그의 증언이 진실임을 확인할 수 있었다.

다른 일꾼들의 말에 의하면, 자한이 북해에서 온 자들을 대표하고 있다고 했다.

험한 일을 도맡아 했으니 다른 이들에게 신망이 두터운 것은 당연한 일이었다.

자한은 건강이 안 좋은지 계속 기침을 해 댔다.

"쿨럭. 죄, 죄송합니다. 대협."

이렇게 안 좋은 환경에서 오랫동안 일했으니 당연한 증상이었다.

한빈에게 고개 숙인 자한이 고개를 돌려 자청을 바라봤다.

"나는 여기까지인 듯싶구나. 그래도 너를 봐서 기뻤다. 이것도 하늘의 뜻인 것을……."

"자, 잠시만요. 오라버니. 저희 주군이……."

"이 병은 누구도 고칠 수 없다. 신선이 온다고 해도 말이다."

자한은 편안한 표정으로 자청의 어깨를 두드렸다.

그때 한빈이 자한에게 한 발 다가갔다.

조용히 다가온 한빈은 자한의 마혈을 제압했다.

어찌나 철저한 점혈법인지 자한의 기침마저 멈추었다.

그 상태에서 한빈은 조용히 팔을 뻗었다.

순간 한빈의 손바닥이 자한의 등에 닿았다.

한빈이 장심을 자한의 등에 갖다 대자, 모두는 마른침을 삼켰다.

이후의 일들이 훤히 보였기 때문이다.

죽은 자도 살리는 한빈의 오묘한 의술은 모두가 알고 있었다. 물론 의술이 아니라 용린검법의 기사회생 묘리였지만 말이다.

이를 지켜보는 초아는 자신도 모르게 고개를 돌려 어머니를 바라봤다.

한빈의 의술이 범인은 상상할 수 없는 경지에 이르렀다는 것을 알지만, 하루에 한 번밖에 쓸 수 없다는 것을 알기 때문이다.

지금 자한을 치료하면 초아의 어미는 그다음 순서가 될 터.

그 순서는 오늘이 아닌 내일이 될 것이 분명했다.

초아는 주위를 둘러봤다.

사실 여기에 있는 모든 사람들이 자한과 비슷한 병을 앓고 있었다.

이곳에서 채취하는 월석의 가루가 기혈을 막고 있었기 때문이다.

"하나, 둘, 셋……."

초아는 숫자를 세는 것을 멈추었다.

아무리 봐도 한빈으로서는 감당할 수 없는 숫자였다.

초아는 자신도 모르게 입술을 달싹이며 어미의 소매를 잡아끌었다.

다음 날에라도 치료를 받기 위함이었다.

초아만 그리 생각한 것은 아니었다.

가족을 찾은 대부분의 선원이 치료를 받기 위해 그 뒤로 줄을 서기 시작했다.

그들은 하나같이 거친 기침을 토해 내고 있었다.

물론 한빈이 하는 일에 방해될까 봐 최대한 조심스럽게 행동했다. 그것도 모자라 누군가는 숨까지 참고 있었다.

사실 다른 이들은 초아와 비교하면 믿음이 부족했다.

한빈이 고독을 치료하고 갈가리 찢긴 혈맥을 치료하는 장면을 본 것은 극소수의 선원이었다.

지금 한빈에게 주목하고 있는 것은 백경의 선원과 북해에서 온 일꾼만이 아니었다.

구월족의 대장장이와 양의 가면을 쓴 무사들도 시선을 떼지 않고 있었다.

모두의 시선을 받은 한빈은 조용히 허공을 올려다보고 있었다.

뜻하지 않은 문제가 생겼기 때문이다.

자한의 병은 기사회생을 사용하면 간단히 고칠 수 있는 문제였다.

하지만 병에 걸린 것은 자한뿐이 아니라는 것을 한빈도 알고 있었다.

지금도 여기저기서 미세하게 기침 소리가 들리고 있었기 때문이다.

쿨럭.

오감이 강호 제일인 한빈이 이것을 놓칠 리가 없는 법이었다.

잠시 한빈의 고민이 깊어졌다.

여기 있는 모두를 치료하려고 든다면?

잘못하면 최소 반년 이상은 이들과 함께해야 할지도 몰랐다.

순간 한빈의 머릿속에 위상만 그리고 만수와의 대결이 떠올랐다. 그 대결의 핵심은 구월석과 용린의 기운이었다.

서로를 밀어내려는 두 성질을 이용해서 생각보다 쉽게 그들을 꺾을 수 있었다.

상황을 정리한 한빈의 입가에 은은한 미소가 번졌다.

얼핏 보기에는 부처가 피워 내는 염화미소에 비견될 정도로 순수한 웃음이었다.

한빈은 조심스럽게 용린의 기운을 자한의 혈맥에 불어 넣었다.

쏴아악!

한빈의 장심을 통해 용린의 기운이 자한의 혈맥 속으로 휘몰아쳤다.

순간 자한의 기침이 더 심해졌다.

"쿨럭, 으윽."

신음까지 흘리는 자한의 모습에 자청이 움찔했다.

한빈에게 치료를 받으면서 저렇게 괴로워하는 사람은 처음 봤기 때문이다.

쿨럭대던 자한은 급기야 검은 피를 쏟았다.

울컥.

자한의 검은 피는 바닥에 고였다.

괴로워하는 자한은 자신도 모르게 도망치려는 듯 움찔거렸다.

하지만 한빈의 손이 먼저였다.

한빈의 왼손이 눈 깜짝할 사이에 자한의 마혈을 제압했다.

당연하게도 자한은 석상처럼 앉아 있을 수밖에 없었다.

대부분의 사람은 자한의 고통에 대해서 공감하고 있었다. 자한의 관자놀이에는 지렁이가 지나가듯 혈관이 꿈틀거리고 있었기 때문이다.

그때였다.

자한이 땀을 비 오듯 흘렸다.

그런데 그 땀도 검은색이었다.

마혈을 제압당한 상태에서도 몸을 뒤트는 자한.

하지만 한빈은 계속해서 기운을 불어 넣었다.

한빈이 쓰는 것은 기사회생의 수법이 아니었다.

단순히 용린의 기운을 불어 넣고 있었다.

지금 자한은 월석 가루에 중독된 상태가 분명했다.

그러니 용린의 기운과는 상극인 월석이 몸 밖으로 빠져나오는 것은 당연한 일이었다.

하지만 여기서 문제가 생겼다.

혈맥에 붙은 월석 가루가 둥글둥글할 리는 없지 않은가?

돌을 깨고 나면 부수적으로 생기는 가루들은 표면이 거칠고 모서리가 뾰족해지기 마련이었다.

마치 표면이 거친 소금이 혈맥을 긁고 지나가는 것이라고 보면 되었다.

물론 이마저도 한빈이 아니라면 치료할 수 없었다.

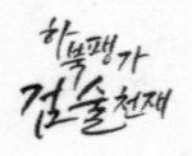

강호 제일의 기감을 가지고 있는 한빈이기에 적당한 기운을 불어 넣어서 월석 가루를 몰아넣을 수 있었다.

용린의 기운을 가지고 있다 해도, 한빈이 아니었다면 이런 치료는 시도조차 못 했을 것이다.

만약 시도한다고 해도 중간에 혈맥이 터지기 십상이었을 터.

쿨럭대던 자한이 기침을 멈추었다.

비 오듯 흘리던 검은 땀도 눈에 띄게 줄어들었다.

사실 자한이 아니라 다른 이였다면 이렇게 고통스러워하지 않았을 터였다.

자한이 극도의 고통을 느끼는 까닭은, 그만큼 그의 체내에 쌓인 월석의 가루가 많기 때문이었다.

물론 다른 이들을 위해 자신을 희생한 자한의 행동은 존경받아 마땅하다. 그에 따른 보상도 당연히 받아야 했다.

기침을 멈춘 자한은 잠시 눈을 감았다.

자한의 입 주변에 희미하게 기운이 일렁이고 있었다.

이것은 순수한 자한의 내공이었다.

모두가 보는 앞에서 완벽하게 치료된 자한이 내공의 싹을 틔우기 시작한 것이다.

이렇게 맑은 기운이 그의 호흡을 타고 흐르는 이유는 하나였다.

바로 혈맥의 변화 때문이었다.

혈맥을 막고 있던 월석 가루는 다른 탁기까지 묻혀서 같이 빠져나온 상태였다.

한마디로 자한의 혈맥은 갓 태어난 아기와도 같다고 봐도 되었다.

그 결과 그의 피부도 어느 정도 돌아왔다.

보통 이런 형태의 과정을 강호에서는 벌모세수라고 부른다.

자한도 이를 알고 있었다.

북해의 작은 마을의 평범한 무사였던 자한은 동생을 신선의 배, 즉 백경에 보내고 난 이후 잠을 이루지 못했었다.

그래서 또 다른 백경의 배가 왔을 때 자한은 의심 없이 그 배에 올라탔다.

문제는 그 후에 생겼다.

동생을 만나게 해 주겠다는 그들의 말에 속아 와 보니 바로 이곳이었던 것.

양의 가면을 쓴 무사들은 자한을 비롯한 북해의 친구들을 가혹하게 대했다.

작업량이 적어지면 채찍질은 기본이고 굶기기 일쑤였다.

그들은 살아남기 위해서 어떻게든 버텨야 했다.

그들이 버티는 이유는 한 가지였다.

바로 가족을 보기 위해서였다.

자한도 마찬가지였다.

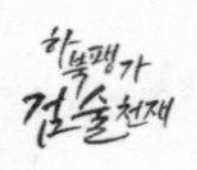

어떤 수를 써서라도 백경으로 떠나보낸 동생을 보고 싶었다.

하지만 그것이 그저 꿈에 불과하다는 것을 그는 몇 년 전에 깨달았다.

바로 양의 선주를 보고 나서였다.

그를 보기 전까지는 양의 가면을 쓴 무사들이 하늘처럼 보였다.

자한이 보기에 그들은 신선에 가까웠다.

동생이 저들과 같은 신선이 된다면 당연히 자신을 구하러 올 것이라는 희망을 품고 있던 자한이었다.

하지만 양의 선주를 본 후 자한의 희망은 티끌만큼도 남지 않고 사라졌다.

양의 가면을 쓴 무사들이 신선과는 거리가 멀다는 것을 알았기 때문이다. 그들은 선주에게 그저 소모품에 불과했다.

그런데 어찌 이곳을 알고 구하러 오겠는가!

아니 이곳을 안다고 해도 노예가 된 마을 사람을 구한다는 것은 불가능했다.

더 황당한 것은 자신을 농락하던 선주조차 다른 이에게 지위를 빼앗긴 것.

자한은 이제 삶을 포기하고 있었다.

그렇게 모든 것을 포기하고 죽음을 준비하고 있을 때, 바로 동생이 모시는 신선이 나타난 것이다.

그뿐이 아니었다.

불가능하다고 하던 월석 중독을 아무렇지 않게 치료했으며 이런 기연까지 안겨 주었다.

자한도 자신의 상태를 정확하게 알고 있었다.

북해에서 힘 좀 쓴다는 자한이었지만, 이렇게 진기가 자유롭게 움직인 적은 한 번도 없었다.

그런데 지금은 자신의 진기를 완벽하게 통제할 수 있었다.

물론 자한이 체내에 담고 있는 진기의 양은 미미했다. 하지만 지금의 몸을 유지할 수 있다면 접었던 일류 고수의 꿈도 펼칠 수 있을 것이었다.

북해의 동족을 구해 준 것도 모자라 기연까지 준 자를 무엇이라고 불러야 할까?

자한은 자신도 모르게 합장했다.

"관세음보살!"

자한의 눈은 이미 촉촉해져 있었다.

잠시 합장을 푼 자한은 한빈에게 가려다가 멈칫했다.

한빈이 다른 이를 치료하기 위해서 자리를 옮겼기 때문이었다.

자한은 숭고한 한빈의 모습에 자신도 모르게 넋을 놓았다.

작업장 안에서 자한의 비명과 비슷한 수준의 비명이 여러 차례 들렸다.

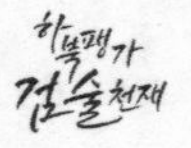

하지만 자한이 치료받던 광경과는 사뭇 달랐다.

그들은 초롱초롱한 눈빛으로 한빈을 향해 합장하고 있었다.

사실 어제까지만 해도 이렇게 비명이 튀어나오면 그들은 귀를 막았을 터였다.

어제의 비명은 절망의 몸부림이니 말이다.

하지만 그들은 모두 희망에 찬 눈빛으로 두 손을 모으고 있었다.

두 손을 모은 이들은 한결같이 경건한 자세로 고개를 숙이고 있었다.

마치 영험한 불상 앞에서 치성을 드리는 듯한 그들의 모습.

구월족과 천위족도 마찬가지로 같은 자세를 취했다.

정신없이 일꾼들을 치료하던 한빈은 고개를 갸웃했다.

왠지 이전과 분위기가 달라진 것 같기 때문이었다.

분명히 고통스러워야 할 치료 과정인데 묘하게 입꼬리를 올리고 있었다.

비명을 지르면서 웃고 있다고?

한빈은 잠시 이들의 정신 상태를 의심해야 했다.

너무 큰 고통에 정신을 놓았다고 할 수밖에 없었다.

한빈은 그들의 치료에 집중하느라 자신을 향해 합장한 이들을 보지 못했다.

주변의 시선은 전혀 의식하지 않고 묵묵히 치료를 이어 나갈 뿐이었다.

한편 초아는 자신도 모르게 입술을 깨물었다.

한빈이 걱정되었기 때문이다.

자한을 치료한 한빈은 초아의 어미까지 쉬지 않고 치료했다.

지금은 다른 이들의 상태를 확인하는 중이었다.

초아는 어렴풋이나마 한빈의 치료 방법을 알고 있었다.

한빈이 내공을 이용해서 치료하는 방법은 마치 선천진기를 사용하는 것과도 같았다.

자신의 생명력을 이용해서 타인을 치료하고, 하루 동안의 회복 시간을 갖는다.

이것이 초아가 아는 한빈의 의술이었다.

그런데 지금은 쉬지 않고 손을 쓰고 있었다.

초아는 자신도 모르게 혼잣말을 뱉었다.

"내가 뭐길래?"

"이제는 목숨을 바쳐도 될 것 같아요."

자청이 기어가는 목소리로 답하자, 초아가 웃었다.

"전에는 목숨까지는 안 바쳤다는 이야기네."

"그게 아니잖아요. 이제는 다음 생까지 바칠래요."

말을 마친 자청이 주먹을 불끈 쥐었다.

한빈이 치료를 시작한 지 세 시진 정도가 지났을 때였다.

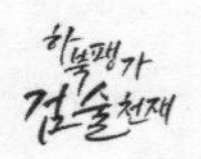

작업장 바닥 곳곳에는 검은색 물이 고여 있었다.

한빈은 바닥에 고인 물을 확인하고 한숨을 내쉬었다.

“휴.”

용린의 기운을 자유자재로 쓸 수 있는 한빈이지만, 그것을 미세하게 조절하기 위해서는 제법 많은 공을 들여야 했다.

어찌 보면 육체보다도 머리를 더 썼다고 봐도 되었다.

실제로 용린검법 중 지(智)의 구결은 하나도 남아 있지 않은 상태였다.

한빈은 이마에 흐른 땀 몇 방울을 소매로 훔쳤다.

순간 초아가 번개처럼 달려왔다.

“주군, 이 손수건을 쓰세요.”

“모자란다면 이것도 쓰셔도 돼요, 주군.”

자청까지 손수건을 내밀었다.

한빈은 황당한 표정으로 둘을 번갈아 봤다.

초아와 자청 등 백경의 선원들이 한빈을 존경한다는 것은 알고 있었다.

하지만 선주와 선원의 경계는 분명한 법이기에 그들은 한빈을 조심스럽게 대할 수밖에 없었다.

그런데 지금 그들의 모습을 보면 선주를 대하는 것이 아닌 친오라비를 대하는 것과 비슷해 보였다.

거기에 눈빛은 어떠한가?

단순한 존경심이 아닌 그 이상의 감정을 담고 있는 것 같았다.

마치 유명한 고승의 설교를 듣고 난 신도들과도 같은 눈빛을 하고 있었다.

"지금 왜 그러는……."

순간 한빈은 자신도 모르게 입을 벌렸다.

지금 작업장에 있는 이들은 모두가 한곳을 바라보며 합장하고 있었다.

한빈은 그들의 시선을 따라갔다.

그것도 잠시, 한빈은 어깨를 으쓱했다.

아무리 봐도 그들이 어디를 바라보는지 알 수 없었기 때문이다.

"이 섬만의 신앙이 있는 모양이군. 그런데 쟤들은 왜 그래?"

"아무것도 아니에요."

초아는 손을 휘휘 저으며 수하들에게 눈치를 줬다.

순간 초아의 수하들은 재빨리 합장을 풀었다.

하지만 눈빛만은 변하지 않았다.

그들에게 한빈은 단순한 주군 이상의 의미를 가지고 있었다.

물론 그것은 한 단어로 정의하기는 힘들었다.

굳이 비슷한 말을 찾는다면 신앙심이라고 봐야 했다.

수상쩍은 그들의 행동에도 한빈은 신경 쓰지 않았다.

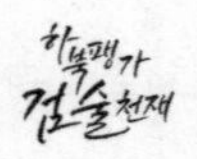

생각해 보면 많이 봐 왔던 시선이었기 때문이다.

한빈은 천천히 입구 쪽을 바라봤다.

이제는 휴식을 취해야 할 것 같아서였다.

휘적휘적 만수와 위상만을 향해 걸어갔다.

순간 위상만이 한빈을 향해 다가왔다.

한빈 앞에 선 위상만은 아무 말도 못 하고 입술을 달싹였다.

그는 한빈의 길을 막고는 몇 번씩 헛기침을 했다.

그 모습에 한빈은 고개를 갸웃했다.

그의 헛기침은 월석에 중독된 이들과는 소리가 달랐다.

흔한 헛기침이라는 말이었다.

그때 위상만이 헛기침을 멈추고 조용히 한빈을 바라봤다.

그 표정이 조금은 미묘했다.

입술만 달싹이던 위상만이 조심스럽게 입을 열었다.

"대협, 구월족을 구해 주십시오."

"지금 뭐라 했습니까?"

한빈이 눈을 가늘게 떴다. 위상만의 입에서 나온 것은 뜻밖의 말이었다.

납치당한 채 여기에 끌려와서 죽을 때까지 혹사당하고 있는 것은 자한을 비롯한 북해의 일꾼들이었다.

구월족은 그들에게 편의를 제공했다지만, 어찌 보면 관리자였다.

그런데 갑자기 구월족을 구해 달라니?

한빈은 구월족의 수장인 만수를 바라봤다.

구월족의 만수는 위상만을 보고 고개를 좌우로 흔들었다.

마치 말하지 말라는 신호를 주는 것만 같았다.

그때였다.

위상만이 검을 빼 들었다.

한빈은 고개를 갸웃한 채 그를 지켜봤다.

위상만의 행동에 살기란 전혀 보이지 않았다.

그의 표정에는 비장함이 서려 있었다.

검을 뽑은 그는 검신에 자신의 왼팔을 갖다 대었다.

검을 든 오른손에 힘을 주는 위상만의 행동은 누가 봐도 이상했다.

위상만의 검에는 검기가 일렁이고 있었다.

자신의 왼팔을 자르려는 행동 같았다.

그때였다.

휙!

한빈의 팔이 그의 품을 헤집어 놓았다.

다시 팔을 뺐을 때는 한빈의 손에 위상만의 검이 들려 있었다.

한빈은 검을 바닥에 박아 넣었다.

푹!

검은 아무 저항 없이 바닥에 박혀 들었다.

갑작스러운 상황에 모두가 입을 벌리고 있을 때였다.

한빈이 고저 없는 목소리로 물었다.

"왜 그러십니까?"

"제 팔을 바치겠습니다. 그러니 도와주십시오, 대협."

"소상히 말해 보시죠. 제가 도울 일이 있으면 돕겠습니다. 그리고 제가 원하는 것은 당신의 팔이 아닙니다."

"흠……."

헛기침을 하며 시선을 피하는 위상만을 본 한빈이 턱짓했다.

빨리 말해 보라는 무언의 압력이었다.

위상만은 다급하게 입을 열었다.

"구월족도 마찬가지입니다."

"마찬가지라니, 그게 무슨 말이죠?"

"월석을 캐거나 월석을 가공하거나 똑같이 자신의 목숨을 바쳐야 한다는 말입니다. 구월족도 중독되어 있습니다."

"흠, 그렇다면……."

한빈은 만수를 바라봤다.

하지만 만수에게는 중독의 증상이 보이지 않았다.

그때 위상만이 다급하게 말을 이었다.

"어른은 괜찮습니다. 구월족의 아이들이 문제입니다. 이대로라면 구월족의 맥이 끊길 것입니다."

"조금 더 자세히 말해 보시죠."

"그러니까……."

위상만은 긴 이야기를 시작했다.

월석을 구월석으로 가공하는 과정에도 수많은 잔여물이 발생한다는 것이다.

하지만 구월족은 그 잔여물에 영향을 받지 않았다.

이리 많은 구월석을 발견해서 가공하게 된 것이 오래된 일은 아니라고 한다.

대충 기간을 보면 북해의 마을 사람들이 납치된 시점과 일치한다.

문제는 그 후에 생겼다.

성장한 구월족은 월석의 영향을 받지 않지만, 자식들은 달랐던 것.

탯줄을 통해 흘러간 월석의 잔해 때문에 구월족의 아이들 몇몇이 병에 걸려 있다는 것이다.

한빈은 잠시 생각에 잠겼다.

걸린 아이들의 숫자가 많지 않은 거로 봐서는 기사회생을 써도 될 정도였다.

하지만 문제가 하나 있었다.

기사회생은 몸을 원래대로 회복시키는 초식이었다.

원래의 몸이라고 한다면, 태어날 때의 몸을 말하는 것이다.

그렇다면, 선천적인 병에는 통하지 않을 수도 있었다.

고민도 잠시, 한빈은 입을 열었다.

"데려와 보시죠."

"네?"

위상만이 놀란 듯 눈을 크게 뜨자 한빈이 말을 이었다.

"시도는 해 봐야죠. 물론 선천적인 증상은 제힘으로 안 될 수도 있습니다."

"대, 대협."

고개 숙인 위상만의 눈동자가 붉어졌다.

사실 위상만은 구월족의 만수를 의심한 적도 있었다.

이전의 대결에서 내뱉은 만수의 막말 때문이었다.

도주는 새로 뽑으면 된다는 만수의 말이 진심인 줄 알았다.

물론 오해는 그리 오래가지 않았다.

그리 말한 것은 적을 방심시키기 위한 것이고, 실제로는 자신보다 친우를 위하고 있다는 것을 위상만은 깨달았다.

순간 위상만은 한 가지를 더 깨달았다.

친우인 만수가 자신을 위해서 꽤 많은 것을 희생했다는 사실이었다.

만수는 월석의 중독 현상이 다음 대로 전달된다는 것을 알지 못했다.

만수의 아들인 망아의 증상을 보고서야 그것을 깨달은 것이다.

그 증상을 보고도 위상만은 친우를 말리지 않았다.

세상을 향한 복수를 하려면 구월석으로 만든 병장기가 필요했기 때문이다.

구월석은 곧 그들의 힘이었다.

하지만 구월석을 제련할 수 있는 것은 구월족과 천위족이었다.

구월족이 손을 놓게 된다면?

그 복수는 물거품이 될 수밖에 없었다.

세상을 향한 복수의 칼을 품은 것까지는 좋지만, 그 칼날을 갈기 위해서는 누군가의 희생이 필요했다.

위상만은 이번 싸움 이후 그 희생이 과연 정당한가에 대한 의문을 품었다.

의문이 커지자, 복수라는 허울 좋은 이름 대신에 친우가 보이기 시작했다.

자신의 팔을 바쳐서라도 친우의 아들을 구하려고 한 행동은 진심이었다.

또한 이 행동은 상대, 즉 한빈을 향한 진심 어린 자신의 사죄였다.

자신의 형님이 살아 있다는 소식을 듣자, 하북팽가에 대한 그의 원한은 사라졌다.

하지만 그동안 일어났던 일을 모두 덮을 수는 없는 일이었다.

위상만은 자신의 팔을 자르는 행동으로 그 악연을 끊기로 한 것이다.

그런데 한빈은 그의 행동을 말렸다.

위상만은 한빈의 대인다운 풍모에 놀라지 않을 수 없었다.

어린 나이에 마치 저런 모습이라니!

한빈을 바라보는 위상만의 눈빛은 깊어졌다.

드디어 만수의 아들 망아와 다른 아이들이 작업장에 도착했다.

모든 구월족은 마른침을 삼키기 시작했다.

그들 중 몇몇 자식들도 월석에 중독되었기 때문이다.

새로 도착한 구월족은 의심 어린 눈빛으로.

기존에 치료 과정을 지켜봤던 구월족은 희망 어린 눈빛으로 한빈을 바라봤다.

한빈은 그들의 시선에 아랑곳하지 않고 소매를 걷어붙였다.

다음 날 아침.

한빈은 따사로운 햇살과 함께 눈을 떴다.

결론부터 말하면 한빈은 다섯 명의 아이들을 치료했다.

물론 쉬운 과정은 아니었다.

한빈의 몸은 그 어느 때보다 만신창이가 되어 버렸다.

물론 회복의 구결이 한빈이 잠든 동안 그의 몸을 회복시켰지만, 당시는 정말 아슬아슬한 상태였다.

이번 치료에는 기사회생의 수법이 핵심이었다.

기사회생의 수법을 아이들에게 쓴 것은 아니었다.

다름 아닌 한빈 자신에게 썼다.

구월족 아이들 특성상 월석의 잔해를 배출시키기는 힘들었다.

그래서 생각해 낸 것이 그 기운을 한빈이 빨아들이는 것이었다.

물론 방법은 성공했다.

하지만 체내로 들어온 월석의 잔해가 용린의 기운과 충돌하기 시작했다.

그 충돌의 결과, 한빈의 혈맥 안쪽은 전쟁터가 되어 버렸다.

물론 그 와중에 한빈은 기연을 얻을 수 있었다.

이제는 구월석의 기운조차 다룰 수 있게 된 것이다.

순식간에 용린의 기운을 감추고 구월석의 기운을 쓸 수도 있고.

반대로 구월석의 기운을 억누르고 용린의 기운을 쓸 수도 있었다.

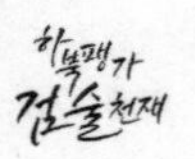

즉, 구월족이 만든 장비를 한빈도 자유자재로 쓸 수 있다는 말이었다.

한빈은 이렇게 기연을 얻었고 구월족의 아이들은 건강을 얻었다.

구월족의 족장 만수로부터 들은 얘기로는, 그들은 자손이 귀하다고 했다.

튼튼한 육체와 다른 이들보다 긴 수명을 가지고 태어나지만, 자식을 갖는 것이 하늘의 별을 따기보다 힘들다는 것이었다.

그렇게 태어난 아이들이 병들었으니 그 상심은 얼마나 컸을까?

물론 준 것이 있으면 받는 것도 있어야 할 터.

한빈은 조용히 손가락을 튕겼다.

딱!

순간 설화가 번개처럼 문을 열고 들어왔다.

설화의 손에는 백색의 보따리가 들려 있었다.

설화는 활짝 웃으며 보따리를 탁자에 풀어놓았다.

한빈은 설화를 보고 고개를 갸웃했다.

녀석의 표정이 오늘따라 밝아 보였기 때문이다.

설화는 휘파람까지 불고 있었다.

그 모습에 한빈이 물었다.

"대체 무슨 일인데?"

"사람들이 저보고 선녀래요."

"선녀?"

"신선과 함께 내려온 선녀라고, 사람들이 입이 마르도록 칭찬해요. 어떤 사람들은 저를 보고 합장하는 사람들도 있어요. 이제야 공자님 기분을 알겠어요."

"그러니까……. 우리 설화가 그걸 즐기고 있다는 거네."

"이런 시선은 사천에서 이후로 처음이라서요. 헤헤."

해맑게 웃는 설화의 모습에 한빈이 헛웃음을 지었다.

사실 설화의 마음을 이해 못 하는 것은 아니었다.

한빈을 만나기 전까지 설화는 흑천의 특급 살수였다.

그 말은 빛보다는 어둠을 더 많이 보고 살아왔다는 이야기였다.

아니, 빛을 전혀 못 봤을 때도 많았을 것이다.

누군가를 노리기 위해 사흘 밤낮을 어둠 속에서 웅크려야 했던 때도 있었을 테니까.

그때 설화를 따라온 백호가 입이 찢어지게 하품을 했다.

크앙!

그 모습에 한빈이 웃었다.

"잠 안 자고 뭐 했기에 그리 하품을 해?"

크릉.

알 수 없는 소리를 뱉는 백호의 머리를 설화가 쓰다듬었다.

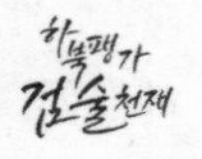

“며칠 동안 아이들이랑 노느라고요. 구월족의 아이들이 백호를 좋아해서요.”

“잠시만, 지금 뭐라고 했어?”

“구월족의 아이들이 백호를 좋아한다고요.”

“그 전에!”

“며칠 동안요?”

“내가 며칠 동안 잠들어 있었다고?”

“네, 맞아요.”

순간 한빈의 눈이 커졌다.

한빈은 표정을 수습하고 주변을 둘러봤다.

며칠 동안 정신을 잃었다니!

현생에서는 처음 있는 일이었다.

한빈이 나지막한 목소리로 다시 물었다.

“정말 내가 며칠이나 정신을 잃었단 말이냐?”

“네, 공자님!”

“흠, 이상하구나. 그 정도로 충격을 받은 것 같지는 않은데…….”

한빈이 수상하다는 듯 설화를 바라봤다.

그 눈빛에 설화가 잽싸게 고개를 돌렸다.

그곳에는 청화가 눈을 반짝이고 있었다.

설화가 눈짓하자 청화는 재빨리 양팔을 벌렸다.

기막, 아니 독막을 펼친 것이다.

청화의 독막은 다른 고수의 기막과 같은 효과를 지녔다.

아니 풀벌레도 청화가 펼친 엷은 독막 안으로 들어오지 못하니, 기막보다도 더 탄탄하다고 볼 수 있었다.

하지만 문제는 왜 청화가 무리하게 독막을 펼쳤냐는 것이다.

한빈은 의심스러운 눈빛으로 설화와 청화를 번갈아 봤다.

"무슨 일이 있는 게냐? 혹시 사고라도……?"

"그게 조금 사연이 길어요, 공자님."

"그럼 핵심만! 저러다 청화 숨넘어가겠다."

한빈이 청화를 가리켰다.

청화가 독막을 펼치기 시작한 지는 그리 오래되지 않았다.

넓은 범위를 자신의 공간으로 만드는 것은 그다지 어렵지 않지만, 엷은 막을 원하는 공간에 펼쳐 내는 것은 또 다른 문제였다.

독막을 펼치고 유지하는 것은 꽤 많은 심력을 요구하는 일.

그런데도 저리 독막을 펼친다는 것은 그만큼 사안이 중대하다는 증거였다.

역시나 눈치 빠른 설화는 바로 설명을 시작했다.

"제가 보기에 공자님은 깨달음을 얻으신 것 같아요. 남들은 지쳐 쓰러졌다고 했지만요. 그러니까……."

설화의 입은 물레방아가 도는 듯 멈출 줄 몰랐다.

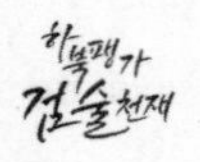

지쳐서 쓰러진 한빈을 구월족과 천위족의 도움을 받아 옮긴 것이 이야기의 시작이었다.

그런데 자세히 살펴보니 지쳐서 쓰러진 것이 아니라 무아지경에 빠진 것 같았다는 것이 설화의 설명이었다.

한빈은 정확하지는 않지만, 깨달음이 지나갔다고 확신했다.

그 깨달음이란, 두 가지 다른 기운을 같은 혈맥 속에서 움직이는 방법이었다.

굳이 표현하자면 외나무다리에서 만난 정파와 사파를 조화롭게 이동시키는 요령과 비슷하다고 할 수도 있었다.

"그것만으로는 지금 청화가 독막을 펼친 것을 설명하기는 힘들구나, 설화야."

"얘기는 지금부터예요. 저희는 구월족과 천위족에게 빚을 조금 더 얹기로 했어요."

"빚이라……."

"공자님이 저들을 구하는 과정에서 우연히 깨달음을 얻었다고 하면 뭔가 계산이 끝난 느낌이잖아요. 그래서 저희는 한 가지 계획을 짰어요."

"그게 혹시 영웅 만들기였느냐?"

영웅 만들기란 한빈이 가끔 쓰는 방법이었다.

절호곡에서 천산혈랑을 잡을 때도 이런 방법을 썼었다.

자신의 이익보다는 대의를 위해 움직인 것처럼 보이는 행동 말이다.

설화가 고개를 끄덕였다.

"네, 맞아요. 저희는 공자님이 깨달음을 얻으신 것이 아니라 사경을 헤매고 있다고 모두에게 말했어요. 자신들을 구하기 위해 몸이 망가졌다고 하면 마음의 빚이 좀 늘겠지요."

"아무리 그래서 그런 거짓말은……."

"혹, 혹시 제가 잘못한 건가요?"

"아니다. 잘했다."

한빈이 웃었다. 역시 설화와 청화는 하나를 가르쳐 주면 열을 아는 아이들이었다.

하지만 한빈은 설화에게 턱짓했다.

"하지만 이번 계획에서 뭔가 부족하다고 느껴지지 않느냐?"

"부족하다고요? 철저히 인원도 통제하고 표정 관리도 했는데요."

"나는 방 안의 분위기가 조금 부자연스럽구나."

"그게 무슨 말씀이세요?"

"이 방 안에는 조금의 약 냄새도 안 나는 것이, 환자가 있는 방 같지 않구나. 사람이 죽어 가는데 약 달이는 냄새 정도는 풍겨야 하지 않느냐는 말이다."

"앗, 그것도 제가 기억해 놓을게요. 공자님."

설화는 재빨리 한빈의 말을 기록하기 시작했다.

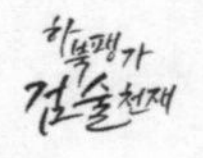

그 모습에 한빈이 설화의 머리를 쓰다듬었다.

"적을 필요 없다. 그리고 잘했다. 물론 청화도!"

한빈은 청화를 바라보며 손을 저었다.

이제 독막을 펼치지 않아도 된다는 말이었다.

한빈이 원하는 것은 구월족과의 거래였다.

거래란 감정으로 되는 것이 아니었다. 과거의 빚이 아닌 미래의 이득 때문에 움직이는 것이 거래였다.

한빈은 조용히 붓을 들었다.

그러고는 일필휘지로 내용을 써 나갔다.

이것은 구월족과 한빈 사이의 계약서였다.

한빈은 위씨세가, 즉 천위족과의 계약서도 준비했다.

그때였다.

누군가 문을 두드렸다.

청화는 밖을 확인하더니 재빨리 문을 열어 줬다.

한빈이 기다리던 만수와 위상만이었다.

그들은 한빈의 곁으로 와서 정중히 포권했다.

"일어나셨습니까? 대협."

"몸은 어떠신지요?"

위상만과 만수가 차례대로 안부를 묻자, 한빈이 자리를 가리켰다.

"일단 앉으시지요."

"감사합니다."

만수가 먼저 앉고 위상만이 따라 앉았다.

그들이 앉자, 한빈이 탁자 위에 계약서를 펼쳐 놓았다.

이번만큼은 계약서라고 하기보다 협약서에 가까웠다.

물론 문서는 철저하게 한빈에게 유리했다.

한빈을 위한 그리고 한빈에 의한 계약서다.

이렇게 문서를 내미는 이유는 간단했다.

대충 이야기를 들어 보니 구월족과 천위족은 한번 뱉은 말은 꼭 지킨다는 부족의 규칙이 있었다.

그러니 일벌백계의 효과가 사라지기 전에 문서로 약속해 놓는 것이 좋았다.

한빈이 그들에게 두 장의 계약서를 내밀었다.

그때였다.

만수가 아무 말 없이 붓을 잡았다.

사사삭.

만수는 내용을 읽어 보지도 않고 서명을 하더니 한빈에게 내밀었다.

이것은 생각도 못 한 일벌백계의 효과였다.

그때 위상만도 서명을 한 뒤 바로 문서를 내밀었다.

순간 한빈은 둘을 번갈아 보다가 고개를 돌렸다.

용린검법의 구결을 확인하기 위해서였다.

[지(智) : 백(百)]

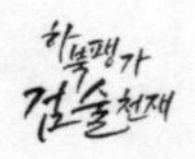

한빈의 눈이 한계까지 커졌다.

지의 구결이 모두 돌아왔다는 것은 일벌백계의 효과가 사라졌다는 뜻이기도 했다.

그들은 일벌백계의 효과가 사라졌는데도 섭혼술에 걸린 것처럼 행동하고 있다.

한빈은 조용한 위상만을 바라봤다.

"내용은 확인하셔야 하지 않습니까?"

"성인의 행동에는 그에 합당한 이유가 있는 법, 저희는 대협의 의도를 의심치 않습니다."

위상만은 그 어느 때보다 진지한 표정으로 눈을 똑바로 떴다.

마치 전쟁터에 나가는 병사와도 같은 모습이었다.

한빈을 위해서 목숨이라도 내놓겠다는 비장한 표정.

의외의 상황에 한빈이 놀라자, 만수가 말을 이었다.

"저도 마찬가지입니다. 대를 위해서 자신을 희생하는 대협의 모습은 강호의 누구도 따라 할 수 없습니다. 대협의 목숨이 경각에 달렸다는 소리를 들었을 때, 저는 제 한 목숨을 바치겠다고 결심했습니다. 그런데 이깟 문서가 중요하겠습니까?"

다시 한번 포권하는 만수의 모습은 위상만의 비장함에 뒤지지 않았다.

말을 마친 그들은 번뜩이는 눈으로 한빈을 바라봤다.

그들의 모습은 마치 광신도와도 같았다.

한빈은 조용히 설화와 청화를 바라봤다.

이번만큼은 둘의 작전이 일벌백계의 효과보다도 더 강력했다고 한빈은 확신했다.

귀신 같은 계략이나 상상도 못 할 힘이 아닌, 자연스러운 방법으로 마음을 얻는 것은 병법에서 최선책이었다.

하지만 한 가지 짚고 넘어갈 것이 있었다.

그들의 마음을 얻었다고는 하나, 언제든 벌어질 수 있는 틈은 메꾸는 것이 맞았다.

불안한 틈을 메꾸는 일을 후로 미룬다면 그것은 훗날 칼날이 되어 돌아올 터!

결심한 한빈이 손가락을 튕겼다.

딱!

그 소리에 설화가 보따리를 가지고 왔다.

설화는 보따리를 들고 잠시 망설였다.

"진짜 이걸 찾으신 거예요?"

"그래, 설화야."

"그럼 여기에 둘게요."

설화는 조심스럽게 보따리를 탁자 위에 올려놨다.

그 모습을 본 만수와 위상만은 서로를 바라봤다.

설화와 한빈의 행동이 너무 조심스러웠기 때문이다.

먼저 입을 연 것은 만수였다.

“대협, 이게 대체 뭡니까?”

“이것은 제가 두 분께 내드리는 과제입니다.”

“과제라니요?”

“잘 보고 정답을 맞히시면 됩니다.”

한빈은 보따리를 조심스럽게 펼쳤다.

만수는 더는 말을 잇지 못하고 조용히 한빈의 행동을 보기만 했다.

그것도 잠시, 만수는 고개를 갸웃했다.

보따리에서 나온 물건들이 전혀 예상 못 한 것들이었기 때문이다.

가느다란 한지와 실 그리고 여러 종류의 풀들 그리고 여인이 쓸 것 같은 치장 도구들까지 들어 있었다.

만수는 마른침을 삼키며 위상만을 보았다.

위상만이라면 지금의 상황을 알 수 있을 것 같아서였다.

만수의 시선을 마주한 위상만도 조용히 고개를 저었다.

둘을 서로 입 모양으로 의사를 주고받았다.

하지만 의문은 풀리지 않고 점점 더 쌓여 갔다.

그들의 의문이 한계까지 닿았을 때, 한빈이 보따리 안의 물건들을 가지런히 늘어놓았다.

보따리 안에 들어 있는 것은 한빈의 변장 도구들이었다.

변장 도구들을 확인한 한빈이 위상만을 뚫어지라 바라봤다.

너무 따가운 시선에 위상만이 물었다.

"왜 그러십니까? 대협."

"이제부터 시작하겠습니다."

말을 마친 한빈은 아무렇지 않게 도구를 이용해서 변장을 시작했다.

한빈은 한지에 풀을 쓱쓱 묻히더니 그것을 자신의 얼굴에 펴 발랐다.

가장 먼저 바른 것은 광대뼈 쪽이었다. 그 후 그 위에 겹겹이 얇은 한지를 펴 발랐다.

재미있는 것은 한지가 쌓여 갈 때마다 얼굴의 윤곽이 달라진다는 점이었다.

한빈의 변장술에 만수는 마른침을 삼켰다.

지금 눈앞에서 펼치고 있는 변장술은 마치 장인이 조각상을 만드는 것 같았다.

조각상을 다듬어 다른 조각상을 만드는 것이 아닌, 아예 새로운 작품을 만드는 듯한 장인의 손길이 느껴졌다.

한빈의 변장술은 무에서 유를 만들어 내는 것처럼 신기했다.

지금 만든 윤곽을 보면 한빈의 얼굴이라고는 조금도 생각할 수 없었다.

탁. 탁.

한빈은 조금의 망설임도 없이 변장을 이어 갔다.

시간은 길지 않았다.

차 한 잔 마실 시간이 지나자, 한빈은 변장 도구를 내려놓았다.

한빈은 아무렇지 않게 손으로 얼굴을 부채질했다.

그때였다.

변장한 한빈의 얼굴에 혈색이 돌기 시작했다.

물론 그것은 착각이었다.

시간이 지나자 변장한 부분이 자연스럽게 연주황을 띠게 된 것이다.

넋을 놓고 한빈을 바라보던 만수가 눈을 크게 떴다.

"대, 대체 어떻게……."

"어울립니까?"

한빈이 만수에게 묻자, 만수는 고개를 저었다.

지금 한빈의 얼굴은 눈 깜짝할 사이에 위상만과 똑같아졌다.

얼굴뿐이 아니었다.

목소리까지 위상만과 똑같았다.

이대로 둘을 섞어 놓는다면 오랜 친우인 만수도 구별을 못할 정도였다.

사실 위상만 본인도 놀랐다.

동경을 자주 보지 않아도 한빈의 얼굴은 자신과 똑같았다.

그뿐이 아니라 목소리도 완벽하게 일치했다.

놀란 둘을 본 한빈은 희미하게 웃었다.

변장이 얼마나 놀라운지 그 미소까지 자연스럽게 드러났다.

잠시 미소를 보인 한빈은 조용히 말을 이었다.

"어떻습니까?"

"마, 말이 나오지 않습니다. 어떻게 한 겁니까?"

만수가 벌떡 자리에서 일어나 손을 뻗자, 한빈이 웃었다.

"어떻게 한 변장이냐가 중요한 것이 아닙니다."

말을 마친 한빈이 만수를 향해 손을 뻗었다.

갑작스러운 행동에 옆에 있던 설화도 놀랄 정도였다.

동맹

한빈은 만수의 손목을 잡았다.

손목을 잡은 한빈의 손이 스르륵 미끄러졌다.

순간 한빈의 손이 뱀처럼 휘더니 만수의 팔을 타고 올라왔다.

한빈의 손이 어깨를 지나더니 만수의 목덜미에서 멈췄다.

만수는 당황한 듯 놀란 눈으로 한빈을 바라봤다.

"이게 무슨 뜻입니까?"

"문제 중 하나입니다."

"이게 어떻게 문제라는 말입니까?"

만수의 물음에 한빈은 고개를 돌렸다.

한빈은 손을 만수의 목덜미에 댄 채 위상만에게 물었다.

"눈에 익은 초식이지요?"

"그, 그건 절초삼수(絕招三手)가 아닙니까?"

위상만이 떨리는 목소리로 답하자, 만수가 물었다.

"그게 무슨 말인가?"

"허허. 절초삼수는 위씨세가의 무공이네. 그리고 지금 팽 대협이 보여 준 것은 그중 군자수(君子手)라는 초식이라네."

위상만이 허탈한 웃음을 보이자 만수가 다시 물었다.

"위씨세가의 무공이란 것이 무슨 문제인가? 그리고 자네는 왜 그리 놀라는가?"

"절초삼수는 위씨세가의 직계만 아는 무공이네."

위상만이 한빈의 손을 가리키자, 만수가 눈을 크게 떴다.

"그럼 팽 대협이 위씨세가의……."

"허허, 무슨 말도 안 되는 소리를!"

위상만이 손바닥을 보이며 만수의 말을 끊었다.

그는 잠시 망설이다가 한빈을 바라봤다.

위상만의 시선에 한빈은 그제야 손을 풀고 팔짱을 꼈다.

순간 한빈이 뿜어내던 기세는 눈 녹듯 사라졌다.

작게 한숨을 내쉰 위상만이 조심스럽게 물었다.

"대체 위씨세가의 무공은 어떻게 아시는 겁니까?"

"적을 알고 나를 알면 위태로움이 없다고 옛 성현이 말씀하셨죠."

"그럼 위씨세가가 대협의 적이었다는 말씀입니까?"

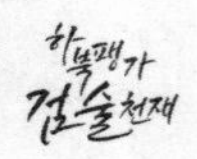

"언제부턴가……. 그랬죠."

한빈이 의미심장한 미소를 지었다.

전생부터 물고 물리던 위씨세가였으니 오래전부터라고 할 수 있었다.

하지만 위상만의 입장은 달랐다.

위씨세가와 하북팽가라?

사실 위씨세가는 하북팽가를 경쟁자로 생각해 본 적이 한 번도 없었다.

하지만 이변이 일어났다.

하북팽가 막내 공자의 등장으로 상황이 뒤바뀐 것이다.

거기에 천외천의 힘을 넣었다고 생각했는데, 이제는 또 힘까지 넘어섰다.

그런데 위씨세가의 절초까지 모두 알고 있다니!

"대협을 보면 물에 젖은 서책과 같습니다. 아무리 조심스럽게 벗겨 내도 그 안을 볼 수 없으니 말입니다."

"칭찬으로 듣겠습니다."

둘의 대화에 만수는 고개를 갸웃했다.

그 모습에 한빈은 미소를 지었다.

위상만은 알아들었지만, 만수는 한빈의 뜻을 파악 못 한 것 같았다.

한빈은 재빨리 만수를 보며 말을 이었다.

이제는 정답을 말해 줘야 할 차례였다.

"만약 제가 변장하는 장면을 못 봤다면 저를 누구라고 생각했겠습니까?"

이 말투 또한 위상만과 똑같았다.

만수는 그 속에 숨겨진 뜻보다 지금 한빈의 변장술이 놀라울 따름이었다.

그때 한빈이 다시 재촉했다.

"말해 보시죠."

"그건……."

만수가 고개를 돌려 위상만을 바라봤다.

정답을 구하기 위함이었다.

"자네는 팽 대협의 뜻을 아는군."

"나도 조금 전에서야 알았네."

"그럼 설명해 보게."

"오래전 우리 부족에 일어난 비극 말일세……."

"그 애기가 왜 여기서 나오나?"

"우리가 알고 있던 원수가 진짜 원수가 맞을까 하는 말일세."

"원수라면……."

"구대문파와 무림세가 그리고 황궁 말일세. 그들이 우리의 원수가 맞냐는 말일세. 대답해 보게!"

"그들이 원수가 아니라면 누가 우리의 원수라는 말인가?"

"과연 누굴까?"

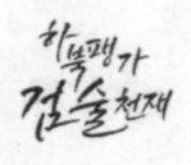

위상만은 자조 섞인 목소리로 질문을 던졌다.

만수는 눈을 끔뻑이며 다시 말했다.

"그냥 쉽게 말해 주게나."

"지금 팽 대협의 얼굴 그리고 무공을 보게. 모든 것이 나와 똑같네. 지금 팽 대협이 자네의 목숨을 거뒀다면 구월족은 팽 대협이 아닌 나를 쫓을 것일세. 그리고 남은 자들은 하늘에 맹세하겠지……. 자네를 해한 천위족을 멸하자고 말일세."

말을 마친 위상만은 다시 천장을 바라봤다.

만수도 그제야 뭔가를 알아챈 듯 눈을 크게 떴다.

그들의 모습에 한빈이 웃었다.

만수도 드디어 정답을 찾아낸 것이다.

이제는 해석이 필요할 때였다.

한빈이 진지한 표정으로 다시 말을 이었다.

"제 변장술은 본래부터 알던 것이 아닙니다. 암제의 수법을 그대로 배운 것입니다. 그리고 이 수법은 백경의 수법이기도 합니다. 그런데 백경은 또 누구에게 배웠을까요?"

한빈은 쉬지 않고 질문을 던졌다.

그 말에 답할 수 있는 자는 아무도 없었다.

위상만은 옅은 한숨만 뱉어 냈다.

위씨세가와 암제는 떼려야 뗄 수 없는 관계였었다.

그리고 한빈의 말이 사실이라는 것은 부인할 수 없었다.

처지를 바꿔 놓고 생각하니, 오래전 구월족과 천위족의 몰락이 무림과 황궁의 짓이 아닐 수 있다는 생각이 들었다.

아니 생각해 보면 무림과 황궁의 짓일 수가 없었다.

거대 문파와 황궁의 짓이라면 그 흔적을 철저히 감췄을 것이다.

흔적을 남겨서 세대를 이어 갈 정도의 증오심을 심었다는 것은 제삼자의 의도일 가능성이 컸다.

결심에 찬 위상만의 눈빛을 본 한빈이 다시 말을 이었다.

"나도 누군지는 모릅니다. 그게 백경일지 아니면 그들을 쥐락펴락하는 또 다른 자들일지는 저도 알 수 없습니다. 같이 밝혀 보시겠습니까?"

"조, 좋소이다. 대협."

위상만이 고개를 끄덕이자 만수도 깊숙이 고개를 숙였다.

"구월족도 동참하겠습니다."

"그럼 이로써 얘기는 마무리된 것으로 알겠습니다."

한빈이 자리에서 일어나며 순식간에 변장을 제거했다.

몇 번의 손동작 후 가짜 얼굴이 벗겨지며 한빈은 본래의 모습으로 돌아왔다.

이제 틈을 메웠으니 거래는 성립했다고 봐야 했다.

지금부터는 이들의 힘을 어떻게 이용하느냐 하는 것이 남아 있었다.

모든 이야기를 마무리 짓고 방을 나가려던 한빈이 걸음을

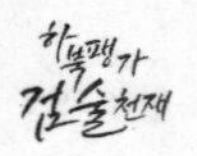

멈췄다.

순간 만수와 위상만이 놀라 자리에서 일어났다.

그중 먼저 움직인 것은 만수였다.

달려온 만수가 심각한 표정으로 물었다.

"왜 그러십니까?"

"제가 깜빡한 것이 있는 것 같아서 말입니다."

"그게 뭡니까?"

"혈후는 어디 갔습니까?"

"혈후라면……."

"붉은 옷을 입은 또 다른 백경의 선주 말입니다."

"지하 뇌옥에 있습니다."

"제가 수갑을 풀어 주고 적절한 시기에 탈출하라고 했으니, 뇌옥에서 나갔을 겁니다."

"다시 잡혔습니다."

"그게 무슨 말입니까?"

"결론만 말하자면 지하 뇌옥에서 탈출하다가 잡혔습니다."

"……."

한빈은 이해가 안 된다는 듯 눈을 크게 떴다.

혈후는 백경의 선주 중 하나였다.

천외천급의 무공을 지닌 혈후가 다시 잡혔다는 것은 이해가 되지 않았다.

중요한 것은 구월도의 모든 고수는 한빈과 대결을 펼치고 있었다는 뜻.

혈후가 잡혔다는 것은 여기에 없는 또 다른 고수가 있다는 말이었다.

“이 섬에 혈후를 속박할 수 있는 자가 남아 있습니까?”

“기관 장치에 당했습니다.”

“…….”

한빈은 아무 말 없이 고개를 갸웃했다.

혈후가 사람도 아닌 기관 장치에 당했다는 것이 이해되지 않아서였다.

그 모습에 만수가 말을 이었다.

“구월석으로 만들 수 있는 것은 무기나 구속구뿐이 아닙니다. 혈후는 구월석으로 만든 기관 장치에 당했습니다. 감시하고 있던 인물이 뇌옥을 탈출하면 장치가 발동되게 되어 있습니다. 거기에…….”

만수는 이곳의 기관 장치에 대해서 소상히 털어놓았다.

그의 설명을 듣고 난 한빈은 자신이 운이 좋았다고 생각했다.

위장하고 잠입하지 않았으면 지하 뇌옥에서부터 혈투를 펼쳤어야 했을지도 몰랐다.

그렇게 되면 설화와 청화 그리고 초아 일행이 위험에 빠졌을 수도 있었다.

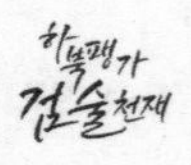

잠시 후.

도주실에 혈후가 도착했다.

구속구를 차고 있는 혈후의 모습은 마치 호랑이 같았다.

물론 지금 상태는 이빨 빠진 호랑이에 가까웠다.

하지만 이빨 빠진 호랑이라도 맹수였다.

혈후가 눈을 번뜩이자, 그녀를 제압하고 있던 구월족 대장장이들이 재빨리 물러났다.

혈후는 주위를 둘러봤다.

그녀의 눈에는 대장장이 하나와 위상만이 보였다.

양 가면의 선주가 깍듯하게 모시는 고수였다.

그 고수는 위상만이었지만, 혈후는 이름조차 모르고 있었다.

혈후는 둘을 번갈아 보면서 눈을 희번덕거렸다.

그녀의 눈빛은 며칠 동안 굶은 늑대와도 같았다.

혈후의 양팔에는 구월석으로 만든 수갑이 채워져 있었다.

한빈이 풀어 줬지만, 잡힌 후 다시 구속당한 것 같았다.

잠시 상대를 노려보던 혈후가 수갑을 찬 채 양팔로 앞의 탁자를 내리쳤다.

탕!

하지만 그 탁자조차 구월석으로 만든 물건이었다.

달걀로 바위 치기라는 말이었다.
그때 혈후의 귀에 친근한 목소리가 들려왔다.
"이제 풀어 드리십시오."
고개를 돌려 보니 상석에서 한 사내가 웃고 있었다.
혈후와 마찬가지로 붉은 무복을 입고 있는 사내.
그는 바로 한빈이었다.
혈후는 놀란 얼굴로 다급하게 물었다.
"탈출한 게 아니라 여기에 있다니? 혹시……."
"오해하지 마십시오. 저는 모든 문제를 대화로 풀었습니다."
"대화로 풀었다고?"
고개를 갸웃한 혈후는 한빈을 아래위로 살폈다.
대화로 풀릴 문제였다면 백경 십이 선주 중 하나인 자신이 이런 꼴이 되었을까?
혈후는 본능적으로 한빈에 대한 의심을 키워 나갔다.
그때 위상만이 혈후에게 한 발 다가왔다.
"팽 대협의 말은 사실이 아닙니다. 대화하기 전 작은 다툼이 있었습니다. 모든 건 정확히 짚고 넘어가야 오해가 풀리는 법이죠."
말을 마친 위상만이 만수를 보며 턱짓했다.
신호를 받은 만수는 혈후를 구속하고 있던 수갑을 풀었다.
철컹.

자유의 몸이 된 혈후는 주먹을 말아 쥔 채 눈을 빛냈다.

모든 것을 집어삼킬 듯한 기세로 한빈을 쏘아보는 혈후.

한빈은 아무렇지 않게 자리를 가리켰다.

"일단 앉으시죠."

"그래, 앉으마. 하지만 설명은 제대로 해야 할 것이야."

"그러죠. 일단 저쪽은 새로운 선주입니다."

한빈이 어딘가를 가리켰다.

어둠 속에 숨어 있던 양의 선주, 즉 위지천이 모습을 드러냈다.

위지천이 옆으로 오자, 한빈은 자리에서 일어나 혈후를 바라봤다.

"저 역시 새로운 선주 중 하나지요."

한빈은 백륜을 꺼내 보였다.

순간 혈후를 제외한 나머지 인물들이 눈을 크게 떴다.

위상만과 위지천뿐 아니라 만수까지 이해가 안 된다는 듯 한빈과 백륜을 번갈아 봤다.

그때 위지천이 참지 못하겠다는 듯 물었다.

"팽 공자가 백경의 새로운 선주라니……?"

위지천이 놀란 표정으로 주변을 살폈다.

주변을 살피던 위지천은 아무렇지 않은 듯 상황을 지켜보는 자신의 숙부, 즉 위상만을 보고 고개를 갸웃했다.

그때 한빈이 여상히 말을 이었다.

"중요한 것은 그게 아닙니다. 아마도 이 백륜을 위 공자도 가지고 있을 겁니다. 위 공자가 가지고 있는 백륜을 보고 싶군요."

한빈이 턱짓하자 위지천이 위상만을 바라봤다.

위상만이 아무렇지 않게 고개를 끄덕이자, 위지천은 품에서 백륜을 꺼냈다.

그가 꺼낸 백륜은 한빈이 지닌 것과 똑같았다.

순간 혈후가 놀라 외쳤다.

"백륜이 두 개라니!"

"아직 놀라기는 이릅니다."

한빈은 백륜을 건네달라는 듯 위지천을 향해 손을 내밀었다.

위지천은 멈칫하더니 숙부인 위상만의 눈치를 봤다.

위상만이 고개를 끄덕이자, 그는 한빈에게 백륜을 내밀었다.

한 손에는 위지천의 백륜, 다른 한 손에는 자신의 백륜을 든 한빈이 주위를 둘러봤다.

그들은 두 개의 백륜에 적잖게 놀라는 것 같았다.

혈후에게 백륜은 하나라고 들었기 때문이다.

백륜은 선주에게 도전할 수 있는 권리를 나타내는 증표.

그 증표가 여러 개면 개나 소나 선주의 자리에 도전하게 될 터.

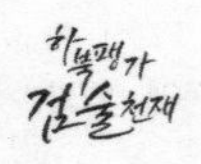

무분별한 도전은 백경의 균열을 초래할 수도 있다는 말이다.

그런 이유로 백륜은 하나라는 것을 혈후에게 들었었다.

한빈은 위지천의 백륜을 가만히 살펴보았다.

잠시 백륜을 살펴보던 한빈이 고개를 끄덕였다.

"그랬군……."

알 수 없는 말을 남긴 한빈은 두 개의 백륜을 뒤로 숨겼다.

그러고는 다시 백륜을 양손에 들고 내밀었다.

모두가 고개를 갸웃하자 한빈이 말을 이었다.

"어떤 것이 제가 가지고 있는 것인지 맞혀 보시겠습니까? 아니면 위 공자가 지니고 있던 백륜을 맞히셔도 좋습니다. 아니, 둘 중 어떤 것이 진짜 백륜인지 말씀해 주시죠."

말을 마친 한빈은 혈후를 바라봤다.

시선을 받은 혈후가 아무렇지 않게 손을 뻗었다.

그녀의 손바닥 중심에서 붉은색 기운이 뻗어 나갔다.

그 기운은 평소 혈후의 것보다 약해 보였다.

그도 그럴 것이 혈후는 구월석에 기운을 빼앗긴 후 회복을 못 한 상태였다.

하지만 그녀의 붉은 기운은 눈에도 보일 정도였다.

줄기줄기 뻗은 그녀의 기운이 백륜에 닿았다.

순간 백륜 두 개가 동시에 반응했다.

부르르 떨리며 백륜의 표면에 글자가 새겨졌다.

글자를 본 혈후의 눈이 커졌다.

"어떻게 두 개가 동시에……."

"두 개 다 진짜가 맞지요?"

한빈이 무표정하게 묻자 혈후가 고개를 흔들었다.

"아니다. 아니야……. 두 개 다 진짜라는 것은 불가능해."

"그런데 이렇게 두 개가 있지 않습니까?"

한빈이 양손을 내밀자 혈후가 눈매를 좁혔다.

그것도 잠시, 그녀는 고개를 좌우로 흔들었다.

"그것은 불가능하다."

"전에 말씀하신 대로라면 불가능하겠죠."

"그렇다. 백륜은 절대 두 개가 될 수 없다. 네가 가진 백륜도 다음 회의에서 반드시 돌려줘야 하는 물건이다. 그런데 백륜이 하나가 더 나타났다고? 그건 불가능하다."

혈후가 다시 고개를 크게 젓자, 한빈이 물었다.

"얼마 뒤 열릴 백경의 모임에서 똑같은 백륜이 나타나면 어떻게 되겠습니까?"

"혼란이 생기겠지."

"그럼 그 혼란으로 이득을 보는 사람은 누굴까요?"

"백경의 혼란으로 이득을 보는 자라……."

혈후는 입맛을 다셨다.

그것도 잠시, 그녀는 고개를 크게 흔들었다.

"백경의 혼란으로 이득을 보는 자는 아무도 없다. 세상에 혼란을 초래할 뿐이지."

"정말 없습니까?"

"백경의 선주 중에는 그런 혼란을 바라는 자는 아무도 없다."

"선주가 아니라면요?"

"그것은 불가능하다."

"어떻게 장담하십니까?"

"여기 있는 백륜에는 선주의 흔적이 남아 있다. 그리고 다른 하나에 남아 있는 것도 선주 중 하나의 흔적이다."

혈후는 눈을 가늘게 뜨고 두 개의 백륜을 번갈아 봤다.

그 모습에 한빈이 물었다.

"확실합니까?"

"하나는 내 것. 또 다른 하나도 분명히 선주의 기운이 담겨 있다."

"그러니까 두 개의 백륜이 같이 있는 것이 불가능한데……. 두 개 다 진짜 같다는 말씀이죠?"

"흠. 말하자면 그렇다."

"틀렸습니다."

"뭐가 틀렸다는 거지?"

"바로 이런 얘기지요."

한빈은 두 개의 백륜을 잡고는 손에 힘을 주었다.

순간 양손에 있던 백륜이 반으로 부러졌다.

빠각!

경쾌한 소리와 함께 두 개의 백륜이 박살 났다.

순간 모두가 입을 벌렸다.

혈후도 위지천도, 조용히 지켜보던 위상만도 똑같이 놀란 표정으로 한빈을 바라봤다.

그중 가장 먼저 입을 연 것은 역시나 혈후였다.

"패, 팽 공자. 지금 무슨 일을……."

"걱정하지 마십시오. 제가 보여 드린 백륜은 둘 다 가짜입니다."

"가짜라니, 대, 대체 그게 무슨 말인가?"

"잠시만 기다리시죠."

한빈은 다시 손을 뒤로 숨겼다.

모두가 마른침을 삼킬 때, 한빈이 다시 손을 앞으로 내밀었다.

한빈의 손에는 두 개의 백륜이 들려 있었다.

그 모습에 혈후가 물었다.

"이게 대체……?"

"아까 부러뜨린 백륜은 두 개 다 제가 만든 겁니다."

"백륜을 만들다니?"

"사실은 저도 백륜을 백경의 내부에 퍼뜨릴까 고민했었으니까요."

"백륜을 퍼뜨린다고?"

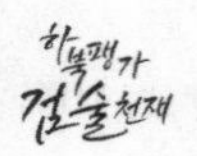

"제가 아까 묻지 않았습니까? 여러 개의 백륜이 퍼지게 되면 백경이 어떻게 될까 하는 점 말입니다."

"그야……."

"아마 상상도 못 할 혼란이 생길 겁니다. 사실 저도 그걸 노리고 있었거든요. 그런데!"

말을 끊은 한빈이 입술을 깨물었다.

혈후가 재빨리 물었다.

"대체 무슨 말을 하는 건인가? 팽 공자."

"누군가 먼저 제 밥상에 숟가락을 올려놨습니다."

"밥상이라니……."

혈후는 아무 말도 하지 못했다.

한빈의 말이 당황스러웠기 때문이었다.

천외천의 세력인 백경을 먹잇감으로 생각한다는 말이었다.

그때 한빈이 다시 말을 이었다.

"제가 백경의 선주이긴 하나, 뒤에서 강호를 쥐락펴락하려는 자를 곱게 볼 수는 없는 법입니다."

"백경의 선주인 내게 이런 말을 하는 이유가 뭐지?"

"혈후, 당신도 그들의 먹잇감이니까요. 그러지 않고서야 이렇게 당할 리 없었을 겁니다."

"내가 누구에게 당했다고 생각하는 건가?"

혈후의 아미가 꿈틀하자, 한빈이 어깨를 으쓱하며 말을 이었다.

“백경 자체가 당신을 노린 것인지, 아니면 백경의 혼란을 노린 자가 당신을 노린 건지는 모릅니다. 하지만 같은 배를 탔다는 사실만큼은 확실하죠.”

순간 혈후가 고개를 돌렸다.

그곳에는 위지천과 위상만이 있었다.

그들을 노려보며 기세를 피워 내는 혈후.

한빈은 재빨리 손바닥을 보이며 말을 이었다.

“그들도 이용당했을 뿐입니다. 아마도 백 년 전부터일 겁니다. 그리고 지금은 후손들마저 볼모로 잡힌 꼴이 되어 버렸죠.”

한빈은 조용히 위지천과 위상만을 바라봤다.

몇 걸음 더 떨어져 있던 구월족의 만수도 씁쓸한 표정으로 입맛을 다셨다.

만수는 누구보다 더 한빈의 말에 공감하고 있었다.

한빈이 돕지 않았더라면 구월족의 후손들은 월석 가루에 중독된 채 평생을 살아가야 했으니까.

어찌 보면 구월족과 천위족은 거대한 계획 중 하나의 말에 불과할 수도 있었다.

그들의 표정을 본 혈후도 한숨을 뱉었다.

“후. 팽 공자가 그렇다면 그런 거지.”

“어떻게 하시겠습니까?”

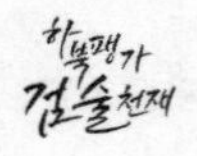

"뭘 말인가?"

"손을 잡으시겠습니까?"

"손이라……."

"저는 신선 따위는 관심이 없습니다. 강호를 쥐락펴락하려는 이들만 없으면 족합니다. 그게 사람이든 신선이든 말입니다."

물론 거짓말이었다. 다른 건 몰라도 구결에 대한 욕심은 버릴 수가 없으니까!

혈후가 옅은 웃음을 토해 냈다.

"그렇다면 내가 마다할 이유가 없지."

"그럼 동맹이 체결된 것으로 알겠습니다."

"남아……. 아니 여장부 일언 중천금이네."

"맨입 말고 문서로 약속하시죠."

한빈이 혈후의 앞에 문서 두 장을 내밀었다.

이틀 뒤.

모두는 도주실의 탁자를 가운데에 두고 눈을 빛내고 있었다.

혈후는 자신을 해하려고 했던 주동자를 밝혀내기 위해, 그리고 구월족과 천위족은 선대의 복수를 위해 한빈과 동행하기로 했다.

사실 이것은 표면적인 이유였고, 모두는 한빈에게 마음의 빚을 지고 있었다.

한빈이 나타나지 않았다면 그들의 미래는 불확실했을 테니 말이다.

그들의 앞에는 제법 많은 양의 서류가 쌓여 있었다.

회의 내용을 정리한 문서들이었다.

대부분이 백경의 회의 전까지 해야 할 일들이었다.

문서들은 천위족과 구월족 그리고 혈후의 앞에 가지런히 쌓여 있었다.

빽빽한 계획이 적힌 문서를 배당받은 그들은 서로를 바라봤다.

그중 혈후가 못 참겠다는 듯 자리에서 일어났다.

"왜 자네 앞에는 문서가 없지?"

혈후의 외침에 모두가 고개를 끄덕였다.

그때 한빈이 일어나 그윽한 미소를 지었다.

"저는 조금 더 중요한 일을 할까 합니다. 그 일을 마치고 합류하도록 하죠."

"내가 물어봐도 자네는 비밀이라고 하겠지."

"역시, 이제 제 속을 훤히 꿰뚫고 계시는군요."

"칭찬인가?"

"네, 맞습니다."

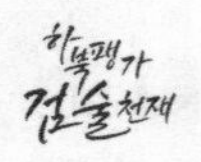

한빈은 고개를 끄덕이며 자리에서 일어났다.
사실 한빈은 천수장에 들르기 전에 할 일이 하나 있었다.
그것은 바로 나머지 무림 칠대기보가 묻힌 장소를 찾는 일이었다.
남해천왕에게 받은 문서 덕분에 한빈은 남은 무림 칠대기보를 찾을 단서를 얻을 수 있었다.
검선의 묘에서 용린검법의 반쪽을 찾아 완성하긴 했지만, 무림 칠대기보가 없이는 불안전했다.
용린의 용린검법이 책장이라면, 무림 칠대기보는 그 책장을 하나로 묶어 줄 책 끈이라고 보면 되었다.
이 모든 것은 북해로 향하기 전에 마쳐야 할 일들이었다.
용무를 마친 한빈이 모두에게 고개 숙였다.
"그럼 한 달 뒤에 천수장에서 뵙겠습니다."
그때 혈후가 한빈의 소매를 잡았다.
"잠시만 기다리라고, 팽 공자."
"왜 그러십니까?"
"이 많은 인원이 움직이면 눈에 띌 수밖에 없지 않은가?"
"물론이지요."
"그런데 자네는 남들 눈에 띄지 않게 천수장으로 가라고 했네."
"네, 맞습니다."
"그것은 불가능하네. 그리고 여기 있는 장비가 없이는 구월석을 제련할 수 없다네. 또…….”

혈후는 쉬지 않고 한빈의 계획을 지적했다.

그녀는 이틀에 걸친 회의를 통해 구월도의 사정을 누구보다 더 잘 파악했다.

그런데 계획을 실행도 못 할 상황이 되어 버렸다.

한빈의 계획에 따르면 이들 모두는 한 달 내에 천수장으로 이동해야 했다.

그것도 구월족의 제련 장비를 들고 말이다.

특이한 외모의 구월족이 강호의 눈을 속이고 이동하는 것은 말도 되지 않았다.

그때 한빈이 말했다.

“도와줄 친구들이 올 겁니다.”

“도와줄 친구라……. 이건 백경도 못 할 일. 불가능한 일일세.”

혈후가 한숨을 내쉬었다.

그녀의 말은 진심이었다. 이 많은 장비를 하북으로 옮기는 것도 불가능하고, 묘한 외모의 구월족을 이동시키는 것은 더 어려운 일이었다.

“그냥 두고 보시면 압니다. 믿을 만한 친구들이니까요.”

그때였다.

심미호가 후다닥 달려오더니 한빈의 앞에 멈추었다.

“주군, 드디어 도착했습니다.”

"오호. 때맞춰 도착했군."

한빈이 고개를 끄덕이자, 혈후가 호기심 가득한 표정으로 물었다.

"누가 도착했다는 것인가?"

"제가 말한 친구들이 도착했답니다."

말을 마친 한빈은 심미호의 안내에 따라 나루터로 달려갔다.

모두는 한빈의 뒤를 따랐다.

나루터에는 수십 척의 배가 차례를 기다리고 있었다.

가장 앞에 있는 배에는 만금 전장의 깃발이 달려 있었다.

그 배의 앞에는 상인들로 보이는 사람들이 줄을 서 있었다.

그들의 앞에 있는 것은 백색 무복의 사내였다.

그는 어깨를 활짝 펴고 강바람을 즐기고 있었다.

바람 때문인지 그의 소매에 수놓아진 무늬가 유난히 펄럭였다.

그 펄럭이는 무늬는 다름 아닌 매화였다.

소매에 가득 찬 매화는 살아 있는 듯 상하좌우로 춤을 췄다.

배 위의 사내를 본 천위족, 즉 위씨세가의 고수 몇이 바싹 긴장을 하며 검집을 잡았다.

검집을 잡은 고수 중 하나가 외쳤다.

"매화검수다!"

그 말에는 복잡한 감정이 담겨 있었다.

그의 말에 위상만도 미간을 좁혔다.

위씨세가의 눈에 구대문파는 아직도 원수로 보였다.

거기에 더해 여기 구월도에 매화검수가 나타났다는 것은 상황이 복잡해졌음을 의미했다.

이곳을 정의맹이 알고 있다는 뜻이었기 때문이다.

정의맹이 알고 있다는 것은, 뜻하지 않은 전면전을 시작하게 될지도 모른다는 의미.

위상만의 표정은 점점 일그러졌다.

그때 한빈이 한 발 앞으로 나서며 말했다.

"제 친구입니다."

"매화검수가 친구라는 말입니까?"

"네, 그렇습니다. 그리고 저기 있는 매화검수가 대이동을 도와줄 분입니다."

한빈이 사내를 가리키자, 위상만은 다급하게 수하들에게 눈짓했다.

동시에 위씨세가의 고수들이 검을 뒤로 숨겼다.

백색 무복의 사내는 나루터 위의 적의 어린 시선을 신경 쓰지 않았다.

무심한 눈으로 주변을 둘러보던 사내의 시선이 멈췄다.

그곳에는 한빈이 웃음 짓고 있었다.

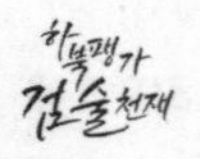

한빈을 본 사내는 단숨에 배에서 뛰어내렸다.

눈 깜짝할 사이에 한빈의 앞에 선 그는 반가운 얼굴로 포권했다.

"팽 공자!"

"어서 오시지요, 매화검협."

한빈도 매화검협 서재오를 향해 포권했다.

매화검협 서재오. 그는 화산파의 속가제자이자 만금 전장의 후계자였다.

거기에 지금은 한빈의 비자금을 관리해 주는 역할도 맡고 있었다.

한빈의 비자금은 다름 아닌 암제의 유산이었다.

서재오와 만금 전장은 한빈 덕분에 강남제일을 넘어서 중원제일의 전장으로 자리 잡았다.

서재오가 한빈에게 느끼는 감정은 고마움이었다.

한빈 덕분에 화산파와 가문에서 뿌리를 내릴 수 있었으니 말이다.

서재오는 혼자 있을 때면 한 가지 상상을 하곤 했다.

그것은 바로 한빈과 만나지 않았다면 어떻게 되었을까 하는 것이었다.

만약 한빈과의 만남이 없었다면 만금 전장의 후계자 싸움에서 밀렸을 것이 분명했다.

만금 전장에서는 후계자를 정할 때 혈통보다 능력을 중심으로 보니 말이다.

거기에 매화검수로서도 인정받지 못했을 것이다.

한빈을 만나기 전 매화검수는 화산파에 바친 막대한 기부금 덕분에 얻어진 허명이었다.

하지만 지금은 매화검협이라는 이름으로 강호인들에게 존경을 받고 있었다.

겉으로 드러나지는 않았지만, 모든 것이 한빈의 옆에 있으면서 얻은 위상이었다.

서재오가 촉촉한 눈으로 한빈을 바라보고 있을 때였다.

뒤쪽 배에서 검은 그림자가 하나 튀어 올랐다.

검은 그림자는 배에서 배로 건너뛰더니 순식간에 나루터에 착지했다.

그가 다가오자 묘한 냄새도 같이 따라왔다.

순간 서재오의 미간이 꿈틀댔다.

“아, 내가 씻고 오라고 그렇게 일렀는데……. 죄송합니다, 팽 공자.”

“괜찮습니다. 저 친구 교육은 제가 별도로 시키도록 하죠.”

환하게 웃은 한빈은 냄새를 풍기며 달려오는 흑색 무복의 사내를 바라봤다.

물론 진짜 흑색 무복을 입은 것은 아니었다.

흑색으로 보이는 것은 옷에 낀 땟국물이었다.

한빈은 달려오는 사내를 향해 손바닥을 보였다.

"거기까지만 오라고. 더 이상 온다면 생명이 위험할지도 모르네, 광개."

"헉, 왜 그러는가?"

광개가 서운한 듯 한빈을 바라봤다. 그 눈빛에 한빈이 품속을 뒤졌다.

한빈은 망설임 없이 계약서 하나를 꺼냈다.

"이건 자네와 나 사이의 계약서야. 여기 보면 청결 유지 조항이 있지? 정확히 뭐라고 쓰여 있는지 아나?"

"……."

광개가 아무 말 없이 눈을 가늘게 뜨자, 한빈이 말을 이었다.

"청결 유지 조항을 어길 시 은전 삼십 냥이라고 정확히 쓰여 있네. 그리고 지금 자네는 조항을 어긴 것이고."

한빈은 계약서를 흔들었다.

그런 한빈의 모습에 주변 사람들은 눈을 크게 떴다.

사실 그들이 놀란 것은 한 가지였다.

한빈의 품속에는 얼마나 많은 계약서가 들어 있을지 가늠이 안 되었기 때문이다.

한빈의 품에는 분명히 구월족과 천위족의 계약서도 들어 있을 터.

만수가 놀라 위상만을 바라봤다.

"그 중요한 계약서들을 모두 품에 넣고 다닌다고?"

"그러게 말일세. 저것은 우리 구월족의 기술로도 불가능하네."

"허허."

위상만이 허탈하게 웃었다.

그들의 놀람과는 달리, 광개는 진짜 겁을 먹었다.

조항을 위반하면 어찌 되는지 잘 알고 있기 때문이다.

한빈은 친구라고 위약금을 안 받을 인간이 아니었다.

"자, 잠시만."

광개가 주위를 힐끔 돌아보며 뒷걸음 치자, 한빈이 다시 계약서를 내밀었다.

"어딜 도망가려고."

"친구, 잠시만 기다리라니까."

말을 마친 광개는 결심한 듯 입술을 깨물었다.

잠시 한숨을 내쉰 광개는 아무렇지 않게 강물 속으로 뛰어들었다.

첨벙.

광개가 큰 소리를 내며 강물로 뛰어들자, 나루터에 있던 일꾼들은 윗옷을 벗어 던졌다.

광개를 구하기 위해서 뛰어들 준비를 한 것이다.

검집을 푼 고수들이 위상만을 바라보며 지시를 기다렸다.

위상만이 수하들을 향해 손짓하려 할 때였다.

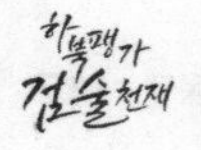

한빈이 그를 말렸다.

"목욕 중이니 걱정하지 않으셔도 됩니다."

"모, 목욕이라고 했습니까? 팽 대협."

위상만이 당황한 표정으로 묻자, 한빈이 미안한 표정으로 말을 이었다.

"물고기가 도망가는 것을 보십시오. 저건 단순한 때가 아닙니다. 저 친구의 때는 사천당가의 독보다 더 독하답니다."

"설마……."

위상만이 믿기지 않는다는 듯 눈을 가늘게 뜨자, 한빈이 광개를 가리켰다.

"잘 보시면 보면 벌써 정신을 잃은 물고기가 있군요. 한 마리, 두 마리……."

한빈이 물고기를 세기 시작했지만, 위상만은 이해가 안 된다는 듯 다시 광개를 가리켰다.

"저리 허우적거리는 걸 보면 목욕하는 게 아닌 것 같습니다."

"저 친구가 좀 요란한 편입니다. 그러니 지켜보시죠."

"그래도……."

위상만은 초조한 표정으로 광개를 바라봤다.

그것도 잠시, 위상만의 눈이 커졌다.

한빈의 말은 사실이었다. 광개의 주변에는 죽은 듯 보이는 물고기 몇 마리가 둥둥 떠 있었다.

거기에 강물은 누가 봐도 눈에 띄게 혼탁해졌다.

물고기 몇 마리가 더 떠오른 뒤에야 광개는 밖으로 빠져나왔다.

광개는 나루터가 떠나가라 재채기했다.

"엣취!"

그는 남들이 보라는 듯 과격하게 몸을 털었다.

순간 물이 사방으로 퍼졌다.

한빈을 비롯한 모두는 재빨리 기막을 펼쳤다.

기막을 맞고 퍼져 나가는 물방울에 광개가 못마땅한 듯 한빈을 바라봤다.

"사람을 이렇게 홀대하나? 팽 공자."

"서운하면 씻고 와야지. 홍칠개 사부님도 나를 만나기 전에는 씻고 온다고."

"사제 간과 친구가 똑같나? 그건 그렇고 물건은 어디 있지?"

광개가 주위를 두리번거리자, 한빈이 슬쩍 턱짓했다.

한빈이 가리키는 곳을 본 광개가 고개를 갸웃했다.

"저, 저분은……."

"자네가 옮겨야 할 물건은 여기 있는 사람들이야."

"사람들이라고?"

"생각해 봐. 이 정도로 많은 인원이 움직이면 어떤 방법을 써도 눈에 띌 거라고……."

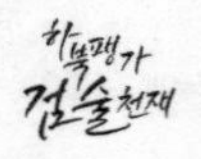

"하긴 그렇지. 특히 저 친구들은 눈에 잘 띄겠네."

광개가 가리킨 것은 다름 아닌 구월족이었다.

한빈이 고개를 끄덕이며 말을 이었다.

"그런데 저들이 거지라면?"

"거지라고?"

"세상에 거지를 신경 쓰는 사람은 없겠지. 오히려 눈길을 주는 대신 피하기 바쁠 거야."

"묘하게 기분 나쁜데……."

광개가 한빈과 구월족을 번갈아 봤다. 한빈의 말은 정확했다.

개방이든 일반 거지든 거지는 거지였다.

거지가 다가오면 사람들은 재수 없다고 하면서 재를 뿌려대기 일쑤였다.

냄새만 나면 그나마 사정이 괜찮은 거지였다.

빈대에, 벼룩에!

거지가 모이면 장사가 안 된다.

그런데 백 명이 넘는 거지가 지나간다면?

아마 눈길을 주긴커녕 마을에 들어오지 못하게 막을 것이 분명했다.

그때였다.

구월족의 만수가 한빈의 곁으로 다가왔다.

"서, 설마 우리가 거지가 되어야 하는 겁니까?"

“그보다 안전한 방법은 없습니다.”

한빈이 사람 좋은 얼굴로 광개를 가리켰다.

미간을 좁힌 광개는 구월족의 만수를 노려봤다.

“거지가 어때서 그럽니까?”

“그래도 거지는 조금…….”

만수가 자신의 망치를 매만지자, 광개가 한숨을 쉬었다.

“싫으면 관두십시오.”

말을 마친 광개는 몸을 돌렸다.

그때 한빈이 작은 목소리로 광개에게 속삭였다.

“이 일은 공짜가 아니야, 광개.”

순간 광개가 힐끔 한빈을 바라봤다.

사람 좋은 얼굴을 한 한빈이 엄지와 검지로 동전 모양을 만들었다.

“이번 일은 은화가 아니라 금화로!”

“친구, 그게 정말인가?”

“약속하지.”

한빈이 고개를 끄덕이자, 광개가 다시 만수에게 달라붙었다.

“대인, 제가 편안히 모시겠습니다. 제가 이래 봬도 한 지역을 대표하는 개방의 분타주입니다.”

순간 나루터에는 어색한 침묵이 깔렸다.

사실 분타주라는 말에 그들은 더 충격을 받았다.

개방의 분타주가 이렇게 가벼울지는 몰랐기 때문이다.

잠시 후.

그들은 떠날 준비를 했다.

구월도의 대장간에 있는 장비는 만금 전장의 서재오가 맡기로 했다. 사람은 광개가 책임지고 천수장까지 데려다주기로 했다.

해가 질 때쯤에는 모든 배가 나루터를 떠났다.

이제 남은 것은 한빈의 배밖에 없었다.

위지천과 위상만은 한빈에게 인사를 건넨 뒤 먼저 떠났다.

계획에 따라 앞으로 있을 북해 회의에서 보기로 한 것이다.

이제 남은 것은 한빈 일행.

초아가 한빈을 바라봤다.

"하북으로 가면 될까요? 주군."

"초아는 하북으로 먼저 가서 기다려."

"네?"

"나는 할 일이 있거든. 아무도 모르게 찾아올 물건이 있어서."

"정말 먼저 가도 되는 거죠? 주군."

"그래, 하북에 도착하면 안내는 여기 있는 심 부대주가 해 줄 거야."

한빈이 심미호를 가리켰다.

옆에서 멀뚱거리며 한빈의 뒤를 따르려고 준비하던 심미호가 화들짝 놀라 곡괭이를 놓쳤다.

땅!

“그, 그게 무슨 말이에요? 주군.”

“조용히 다녀와야 할 것 같아서 말이야.”

“저도 조용히 다녀올 수 있다고요.”

“솔직히 말하면 심 부대주는 은밀하긴 하지만, 조용하지는 않잖아.”

한빈은 심미호의 곡괭이를 가리켰다.

순간 심미호가 시선을 피했다.

어느 순간부터 곡괭이를 애병(愛兵)으로 쓰는 심미호였다.

곡괭이를 들고 다니는데 어떻게 조용하겠는가?

하지만 심미호가 다니는 것이 지하라면 달라진다.

지하의 통로를 파는 데는 심미호보다 더 은밀하게 작업할 수 있는 사람은 없었다.

어찌 보면 칭찬일 수도 있는 말이지만, 심미호는 지금만큼은 서운했다.

“그래도…….”

“천수장에 도착해서 기다리면 제자 한 명을 만들어 주지.”

“제자요?”

"심 부대주도 이제는 제자 하나 정도는 받아야 하지 않겠어?"

"저, 정말입니까?"

"약속하지."

"주군의 명에 따르겠습니다."

심미호가 깊숙이 포권한 뒤 백경의 배에 올랐다.

그들이 모두 오르자, 한빈은 설화와 청화만을 데리고 작은 나룻배에 몸을 맡겼다.

보름 후.

하북에서 열흘 정도의 거리에 있는 만화현의 만금 전장.

그곳에서 거지꼴을 한 세 명의 남녀가 휘적휘적 걸어 나왔다.

거지꼴을 한 이들은 다름 아닌 한빈 일행이었다.

거지도 그냥 거지가 아니라 광개도 울고 갈 정도의 행색이었다.

그중에서 가장 초췌해 보이는 것은 청화였다.

퀭한 눈동자와 눈 밑에 드리워진 그늘은 그들의 힘든 여정을 말해 주는 것만 같았다.

청화는 울듯한 표정으로 한빈을 바라봤다.

"공자님, 이게 말이 돼요?"

"그래도 원하는 것을 손에 넣었으니……."

"아무리 봐도 가짜 같은데요."

청화는 한빈이 들고 있는 자루를 바라봤다.

설화도 마찬가지로 자루를 향해 의심의 눈길을 보냈다.

그들의 눈빛에 한빈이 피식 웃었다.

"진짜 맞아."

"이런 고철 덩어리가 진짜라고요?"

청화가 다시 한빈이 들고 있는 자루를 가리켰다.

"진짜 보물이었다는 건 내가 증명하지."

한빈은 진지한 눈빛으로 자루를 바라봤다.

지금 한빈의 말은 사실이었다.

보름 동안 한빈은 무림 칠대기보를 찾기 위해서 밤낮없이 강호를 뛰어다녔다.

남해천왕이 남긴 단서를 따라가다 보니, 한빈은 황궁 주변의 사찰을 모두 뒤져야 했다.

한 곳에서 단서를 발견하면 그다음 장소, 그리고 그 장소 뒤에는 다른 장소를 가리키는 단서가 나타났다.

꼬리에 꼬리를 무는 단서를 추적한 결과, 한빈 일행은 이곳 전장에 도착하게 되었다.

마지막 단서는 물품을 찾을 수 있는 증표였다.

그 증표를 보여 주니 지금의 자루를 얻게 된 것.

이 자루 안에는 무림 칠대기보라 불렸던 물건이 들어 있었다.

누가 무림 칠대기보를 감히 전장에 맡겨 놨다고 생각하겠는가!

어찌 보면 기발하기도 하고 한편으로는 말문이 막혔다.

한빈은 자루를 바라보며 작게 웃었다.

그곳에는 볼품없는 장신구 그리고 낡은 단검 같은 물건밖에 없었다. 한마디로 고철 장수에게서나 볼 수 있는 물건들이었다.

이 물건들은 천수현갑과 자청쌍검 등의 보물과 함께 무림 칠대기보로 불리던 것들.

자청쌍검은 진사쌍검으로 불리던, 무림 칠대기보 중 하나였다.

문제는 무림 칠대기보를 확인하기 위해 전장에서 마련해준 독방에서 잠시 시간을 보낸 사이 일어났다.

눈 깜짝할 사이에 무림 칠대기보의 기운이 뭉치더니 한빈만 볼 수 있는 용린검법의 공간 안으로 흡수된 것.

지금은 귀기를 품었던 자청쌍검마저 평범한 검으로 변한 상태다.

하지만 남들은 모르는 변화가 일어났다.

바로 한빈만 볼 수 있는 허공의 용린검법이 황금색으로 변한 것이다.

한빈은 용린검법을 완성한 대신에 무림 칠대기보가 평범한 물건으로 돌아갔다고 생각했다.

자루 속의 물건들은 누가 봐도 무림 칠대기보가 아닌 고철처럼 보였다.

본래 가지고 있던 자청쌍검과 더불어 천수현갑도 기운을 잃고 평범한 병장기로 돌아간 상태.

전설처럼 내려오던 무림 칠대기보가 이렇게 변하다니!

하지만 중요한 것은 용린검법이 완성되었다는 것.

이제는 용린의 힘을 잃을 걱정을 하지 않아도 된다.

한빈은 주먹을 쥐어 보았다.

용린의 기운이 자유자재로 움직이는 것이, 이전과는 사뭇 달랐다.

한빈은 고개를 돌려 북쪽을 바라봤다.

몇 달 뒤에 있을 다른 선주들과 만남이 은근히 기대되는 것은 왜일까?

한빈이 미소를 짓고 있을 때였다.

설화와 청화의 배 속에서 동시에 꼬르륵 소리가 울려 퍼졌다.

둘은 본능적으로 배를 가렸다.

그 모습을 본 한빈이 미소 지었다.

"배고픈가 보구나."

"괘, 괜찮아요."

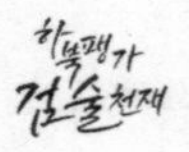

설화가 손을 휘휘 젓자, 옆에 있던 청화도 고개를 흔들었다.

"저도 괜찮아요."

하지만 말과는 다르게 둘의 몸은 정직하게 반응했다.

꼬르륵.

그 소리에 한빈이 말했다.

"일단 배부터 채우자."

"그런데 문제가 있어요, 공자님."

설화가 미안한 표정으로 바라보자, 한빈이 말했다.

"무슨 문제지?"

"공자님이 주신 돈을 다 썼어요."

"흠."

침음을 뱉은 한빈이 미간을 좁혔다.

생각해 보니 보름 동안 정신없이 강북을 헤매고 다녔다.

옷 갈아입을 시간도 없었으며, 식사 시간도 아꼈다.

그렇다면 돈은 다 어디에 썼을까?

바로 내공을 보충할 영약이었다.

한빈은 용린의 기운으로 체력을 보충할 수 있었지만, 설화와 청화는 내공을 보충할 영약이 필요했다.

천수장에서 가져온 영약이 떨어지자 내공을 보충할 보약과 영약을 구매할 수밖에 없었다.

당연히 한빈 일행이 가지고 있던 돈은 밑 빠진 독 안의 물처럼 눈 깜짝할 사이에 빠져나갔다.

거지꼴을 한 채 남들은 꿈도 못 꿀 영약을 간식처럼 먹었다.

그때 백호도 작게 소리 냈다.

끄릉.

백호가 바닥에 엎드려서 처량하게 두리번거렸다.

생각해 보니 백호는 영약도 얻어먹지 못하고 보름 동안 끌려다녔다.

눈빛을 보니 약간은 서운한 듯했다.

그래도 그나마 백호는 상태가 좋아 보였다.

백호는 개울물을 볼 때마다 털을 깨끗하게 털어 냈기 때문이다.

하지만 배고픈 것은 사람과 마찬가지였다.

한빈은 품에서 마지막 남은 육포 하나를 꺼냈다.

육포를 본 설화와 청화가 동시에 눈을 반짝였다.

하지만 한빈은 아무렇지 않게 육포를 백호에게 던졌다.

불쌍한 표정을 짓던 백호가 번쩍 뛰어올라 육포를 받아먹었다.

순간 설화의 얼굴이 눈에 띄게 어두워졌다.

"그거 내 건데……."

끄릉.

작게 소리 낸 백호가 바로 돌아섰다.

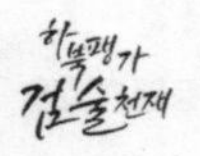

평상시에는 사이좋은 남매와도 같던 둘인데, 먹을 것 앞에서는 남이 된 모습이다.

그때 청화가 손가락을 꼼지락거렸다.

"제가 돈 좀 찾아올까요? 이 근처에 사천당가에서 운영하는 상단이 있는데……."

"그건 안 된다."

한빈이 단호하게 손을 저었다. 한빈의 행색이 이 꼴이 된 것은 고생했기 때문이기도 했지만, 자연스러운 위장을 위해서기도 했다.

한빈이 전장에서 찾은 것은 무림 칠대기보.

만약에 전장 혹은 이곳을 감시하는 누군가가 무림 칠대기보를 한빈이 찾아갔다는 것을 아는 순간, 하북팽가는 혼란에 빠질 것이다.

무림 칠대기보의 소유권을 주장하는 자도 있을 수 있고.

지금까지 없던 가짜 무림 칠대기보가 강호에 돌아다닐 수도 있는 일이었다.

지금은 백경을 비롯한 천외천에 온 신경을 써야 할 때.

강호에 어떤 분란도 생겨서는 안 되는 시기였다.

이런 이유로 한빈은 보름간의 행적을 철저히 덮기로 했다.

그 어떤 흔적을 남겨서는 안 되기에 만금 전장에 있는 돈도 찾지 못하는 것이다.

하지만 설화와 청화의 표정을 보면 한계에 부딪친 것 같았다. 다른 것은 몰라도 허기만은 숨길 수 없었던 것.

청화가 다람쥐처럼 눈을 반짝이며 물었다.

"그럼 밥은 어떻게 해요?"

"여기부터 십 리 정도 떨어진 곳에 하북팽가의 안가가 있으니 거기서 해결하자꾸나."

"그 전에 쓰러질 것 같은데요."

청화가 눈물을 글썽였다.

그 모습을 본 설화가 눈을 반짝였다.

"내가 돈을 마련할 테니 걱정하지 마."

"언니가 돈을 마련하겠다고요?"

"다 방법이 있어."

설화가 자신만만한 표정으로 어깨를 활짝 폈다.

그 모습에 한빈이 고개를 갸웃했다.

설화가 죽을 고비를 몇 번 넘겼어도, 지금처럼 허기 때문에 곤란한 적은 없었다.

한빈과 함께하며 무공 실력이 부족했던 적은 있어도 돈이 부족한 적은 없었기 때문이다.

그런데 빈손으로 돈을 벌겠다고?

한빈은 일단 지켜봤다.

설화는 주변 시선에도 아랑곳하지 않고 일단 백호를 불렀다.

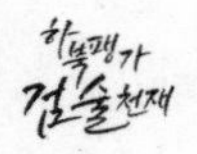

백호가 옆에 오자 설화는 백호의 몸에 흙을 묻혔다.
그러지 않아도 지저분한 백호의 몸은 거지꼴이 되었다.
본래부터 거지꼴을 하고 있었던 설화와 거지꼴이 된 백호.
둘은 아무렇지 않게 바닥에 털썩 앉았다.
그 상태에서 설화가 작은 목소리로 노래를 시작했다.
무슨 말인지 모를 정도의 작은 목소리.
그 작은 목소리 때문일까?
지나가던 이들이 고개를 갸웃하며 멈췄다.
발길을 멈춘 행인들이 조용히 설화를 바라봤다.
"목소리가 참 구슬프네."
"노래를 저렇게 잘하는 거지는 처음 봤어."
"그러게나 말일세."
그들의 손이 천천히 품속으로 들어갔다.
노래가 끝나자 백호의 앞으로 철전 하나가 또르르 굴러왔다.
철전을 본 백호는 비틀거리며 철전을 물어 설화의 앞에 가져다주었다.
그들의 모습에 행인들은 더욱 몰입했다.
"저 강아지도 기특하구먼."
"영리한 것 같긴 한데 굶었는지 힘도 못 쓰네. 어휴."
행인 한 명이 또 철전을 던져 주었다.
그 모습을 보던 한빈은 속으로 한숨을 내쉬었다.

한빈의 머릿속에 설화와의 첫 만남이 새록새록 떠올랐다.
그때와 다른 점은 거지는 거지이되 멀쩡한 거지라는 점이었다.
당시 설화는 앉은뱅이 행세를 하고 있었다.
지금 설화는 남들에게 들킬 어설픈 행동을 할 만큼 어리석지 않았다.
적당한 선에서 구걸을 하는 것이다.
거기에 백호도 거들자, 설화의 앞에 철전이 쌓이기 시작했다.
백호는 역시나 영물이었다.
육포를 먹고 기운을 차렸는데도 비틀거리는 모습은 이 장면의 백미였다.
한빈이라도 철전을 던져 줄 수밖에 없는 그림이 펼쳐지고 있었다.
그때였다.
갑자기 주변이 웅성대기 시작했다.
도르륵.
쌓이는 철전 사이로 갑자기 금화 한 닢이 굴러왔기 때문이다.
그 모습을 본 구경꾼들이 웅성대기 시작했다.
"저, 저거 잘못 준 거 같은데……."
"그러게."

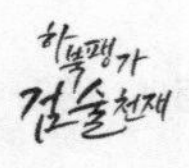

아니나 다를까, 무복을 입은 남매가 설화를 향해 뛰어왔다.

둘의 나이는 스무 살 안팎.

무복이 깨끗한 것을 봐서는 행사에 참여하려고 길을 떠난 무림세가의 자제가 분명했다.

금화를 물려던 백호는 슬쩍 설화의 눈치를 봤다.

설화는 잠시 고민하다가 고개를 저었다.

사실 설화는 남매를 의심하고 있었다.

누굴 위해 적선하는 것은 철전까지였다.

누군가 은화를 던져 준다면 꿍꿍이가 있다고 봐야 했다.

그런데 남매는 금화를 던진 것이다.

의심도 잠시, 설화는 당황한 남매의 표정을 보고 그들이 실수한 것임을 깨달았다.

남매는 다급하게 설화에게 다가와 꾸벅 고개를 숙였다.

그중 오라비로 보이는 자가 품에서 은화 하나를 꺼냈다.

"이걸 받으시오. 제 누이동생이 실수로 금화를 떨어뜨렸소이다."

말을 마친 사내는 은화를 던졌고 누이동생은 금화를 다시 전낭에 넣었다.

설화도 그들의 모습에 만족한 듯 작게 고개를 숙여 인사했다.

하지만 그때 굵직한 목소리가 들려왔다.

"다들 동작 그만!"

그 목소리에 행인들이 바로 반응했다.

행인들은 썰물처럼 주르륵 자리에서 빠져나갔다.

그중 몇몇은 뒤쪽으로 물러서서 모기처럼 작은 목소리를 냈다.

"또 저자들이구먼."

"허허, 우리 마을에 뜯어먹을 게 어디 있다고 저러나."

"거지들의 동냥 그릇도 털어 가는 놈들이잖나."

행인들이 가리키는 곳으로, 하얀 무복에 붉은 허리띠를 두른 무인들이 천천히 걸어오고 있었다.

그들은 바닥에 떨어진 철전을 하나도 빠짐없이 주웠다.

곧 우두머리로 보이는 듯한 무인이 천천히 남매에게 다가갔다.

그들은 설화나 백호는 거들떠보지도 않았다.

남매의 앞으로 간 무사들의 우두머리가 오른손을 펼쳤다.

"내놓거라."

너무 자연스러운 무사의 행동에 한빈이 고개를 갸웃했다.

남매가 무사의 물건을 훔친 것이라는 생각이 들었기 때문이다.

한빈은 모두에게 눈짓했다.

아직 나서지 말라는 신호였다.

그때 우두머리 무사가 웃음을 토해 냈다.

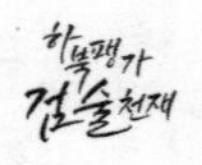

"여기는 우리 문파의 구역이다. 그러니 땅에 떨어진 모든 것에 대한 소유권은 우리에게 있지. 아까 주운 금화를 내놓거라."

"그런 규칙이 어디 있습니까?"

남매 중 사내도 물러나지 않았다.

갑작스러운 상황에 행인들이 다시 모여들었다.

구경 중에 싸움 구경이 제일이라는 강호 속담처럼 말이다.

덕분에 설화와 백호가 자리에서 없어진 것을, 구경꾼이나 불한당 그리고 남매 중 아무도 눈치채지 못했다.

설화는 기척을 숨기고 조용히 불한당들의 뒤쪽으로 다가갔다.

살수 출신인 설화는 기척을 감추는 데 익숙했다.

어릴 적부터 훈련받았던 살수 훈련 때문이다.

사실 기척을 숨긴다는 것은 보통 사람으로서는 힘든 일이었다.

호흡과 내기의 소모를 극도로 줄여야 하기 때문이다.

기척을 줄이기 위한 가장 좋은 방법은 바로 동작을 멈추는 것이다.

하지만 지금 설화는 누구보다 바쁘게 주변을 누비고 있었다.

이런 설화의 움직임은 특급 살수로 살아가던 시절이 바탕이 되었다. 그 뒤 한빈을 만나면서 은밀함은 배가되었다.

그도 그럴 것이, 한빈이 이제까지 만난 적은 생각할 수도 없는 강자가 대부분이었다.

그들의 사이에서 살아남으려면 은밀함은 선택이 아닌 필수였다.

사사 삭.

상대의 뒤쪽으로 다가간 설화는 순식간에 그들의 전낭을 하나하나 털기 시작했다.

툭. 툭.

마치 사과를 따듯 설화의 움직임은 자연스러웠다.

열매를 따듯 전낭을 빼낸 설화는 그것을 백호에게 던졌다.

은밀함은 백호도 뒤지지 않았다.

백호는 사람들의 눈에 띄지 않게 전낭을 물어 청화에게 갖다주었다.

불한당들은 자신의 전낭이 털린 줄도 모른 채 남매와 대치하고 있었다.

한빈은 열 걸음 정도 물러나서 대치하는 그들을 바라보는 중이었다.

그때 설화가 한빈의 곁으로 다가왔다.

"공자님, 이거 드세요."

"당과구나……."

"이 동네에서 제일 유명한 집이라고 해서 사 왔어요."

말을 마친 설화가 전낭을 흔들어 보였다.

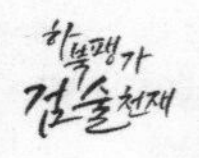

그 모습에 한빈이 눈을 가늘게 떴다.

"돈이 꽤 두둑하구나."

"돈만 빼내기에는 제 실력이 부족해서요……. 그냥 다 빼냈어요."

"그건 잘했다. 내 돈이 적의 돈에 섞인다면 그것도 내 돈이다."

"공자님이라면 그렇게 말씀하실 줄 알았어요, 헤헤."

설화가 기분 좋게 당과를 베어 물자, 옆에 있던 청화도 떡을 들었다.

거기에 백호도 육포를 오물거리고 있었다.

실로 놀라운 속도였다.

눈 깜짝할 사이에 적의 주머니를 털고 간식까지 준비해 오다니!

이 정도면 설화와 청화에 대한 걱정은 안 해도 될 것 같았다.

지금 한빈의 미소는 제자의 성취를 바라보는 사부의 흡족한 웃음과 비슷했다.

그때였다.

불한당과 남매 사이의 목소리가 점점 높아졌다.

무복을 입은 남매도 보통내기는 아닌 것 같았다.

열 명이 넘는 불한당에게 조금도 주눅 들지 않았다.

말하는 것이 동네 왈패 같긴 해도, 그들의 분위기는 일류 무사에 가까웠다.

즉 어딘가의 소속이라는 말이었다.

거기에 붉은 허리띠라?

한빈은 고개를 갸웃했다. 백색 무복에 붉은색 허리띠를 사용하는 문파는 강북에 없었다.

그런데 이곳이 자신의 구역이라고?

한빈은 일단 상황을 지켜보기로 했다.

그때였다.

붉은 허리띠의 불한당 중 우두머리가 한 발 앞으로 나왔다.

"어서 무릎을 꿇거라. 그렇다면 목숨만은 보장해 주겠다."

그의 목소리는 다소 오만하게 느껴졌다.

하지만 그 오만함을 뒷받침해 줄 내공이 담겨 있었다.

덕분에 구경꾼들은 한 걸음씩 뒤쪽으로 물러났다.

내공을 쓰는 고수들끼리의 싸움은 뜻하지 않는 사고를 일으키기 마련이었다.

그때 남매 중 여인이 한 발 앞으로 나왔다.

"오만하군요."

"계집이 나설 자리는 아니다."

붉은 허리띠의 사내가 눈을 가늘게 뜨자, 여인이 다시 말했다.

"지금 계집이라고 했나요? 대체 누군데 이렇게 오만방자한 거죠?"

"허허, 나를 몰라보다니! 눈이 발바닥에라도 달린 모양이구나."

"당신이 누군데요?"

여인이 눈을 가늘게 뜨며 검집에 손을 가져갔다.

언제든지 발검하겠다는 뜻이었다.

그 모습에 불한당 중 하나가 툭 튀어나와 그들의 우두머리를 가리켰다.

"우리 진룡대협을 몰라보다니, 무엄하다."

"진룡이라고요?"

"생불이라고 불리는 진룡대협이 바로 이분이시다."

수하가 자신의 수장을 가리켰다.

그 모습에 우두머리가 헛기침했다.

"험. 우리 진룡파의 위상이 이렇게 떨어지다니! 아무래도 본때를 보여 줘야 하겠군."

"그게 무슨 말씀인가요? 진룡은 알아도, 진룡파라는 이름은 처음 들어 보네요."

"천지를 벌벌 떨게 한다는 진룡파의 이름을 처음 들어 보다니! 역시나 하룻강아지들이군. 조호 네가 본때를 보여 주거라."

불한당 수장의 말에 조호라 불린 불한당이 비릿한 웃음과 함께 도를 매만졌다.

그들은 하나같이 검이 아닌 도를 들고 있었다.

상대를 살피던 그는 도를 빼 들었다.

스릉.

동시에 여인도 검을 빼 들었다.

스릉.

도와 검이 서로의 목을 노리고 있는 상황.

구경꾼들은 숨도 쉬지 않았다.

자신들의 호흡이 고수들의 대결에 방해될까 걱정되어서였다.

그만큼 구경꾼들은 싸움 구경에 진심이었다.

그들의 대치가 이어지자, 그 모습을 본 설화가 한빈을 보며 속삭였다.

"공자님, 상황이 조금 이상한데요?"

"내가 생각해도 묘하네. 지금 저자들이 진룡이라고 한 거 맞지?"

"네, 맞아요."

"그리고 뒤쪽에 있던 놈은 조호라고 했고."

"네, 저도 그렇게 들었어요."

말을 마친 설화가 남은 당과를 입속에 넣었다.

그러고는 우혈랑검을 잡았다.

"공자님, 제가 저놈들을 싹 잡아 올까요? 아무리 봐도 수상하네요."

설화가 눈을 빛내자, 청화가 그녀의 소매를 잡았다.

"언니, 그냥 제가 맡을게요. 그냥 중독시킨 후 처리하죠."

크릉.

육포를 다 먹은 백호도 꼬리를 흔들었다.

표정을 봐서는 자기한테 맡겨 달라는 듯 보였다.

하지만 한빈은 고개를 저었다.

"일단 지켜보자."

"그냥 뒀다가 꼬리가 아닌 몸통을 잡으시려고요?"

"그런 심오한 뜻은 없다. 단지 싸움 구경이 하고 싶어졌을 뿐이다."

"저대로 두면 위험할 것 같은데요. 그래도 저한테 은전을 주신 분인데……."

설화가 여인을 가리키자, 한빈은 고개를 저었다.

"그리 쉽게 당할 친구는 아니니 걱정하지 않아도 된다."

"아는 분인가요?"

"뭐……."

한빈은 미소 띤 얼굴로 팔짱을 꼈다.

한빈은 여인의 기수식을 보고 전생의 기억을 떠올렸다.

여인의 이름은 장무희로, 복건에 있는 장씨세가의 막내였다.

한빈은 전생에 그녀와 연이 있었다. 오다가다 만난 인연이 아닌, 귀검대의 일원으로 서로의 등을 맡겼던 인연이.

정확히 말하면 그녀는 귀검대의 조장 중 하나였다.

다만 당시에는 얼굴에 흉터가 가득 차 있었기에 현생의 얼굴을 못 알아봤던 것.

지금 그녀가 보이는 자세는 장씨세가의 장강무결 중 첫 번째 초식이었다.

장강무결은 장씨세가의 시조가 장강의 흐름을 보고 창안했다고 하는 초식이었다.

장강의 물결에 규칙이 있을까?

장씨세가의 시조는 그 무규칙을 기본으로 초식을 만들었다고 한다.

부드러운 초식 사이사이에 기세를 담고 있는 검초는 마치 변화무쌍한 강물의 흐름을 보는 듯했다.

여기까지는 전생의 기억.

현재 그녀의 성취가 어느 정도인지는 한빈도 알 수 없었다.

사실 더 궁금한 것은 그녀의 오라비였다.

그녀와 제법 친한 사이였지만, 오라비에 관한 이야기는 들어 본 적이 없기 때문이다.

전생은 전생이고, 현생의 그들을 조금 더 지켜봐야 할 것 같았다.

거기에 더해 갑자기 나타난 가짜 진룡이라?

아무리 생각해도 이 부분이 이해가 되지 않았다.

진룡이라는 이름을 개방을 통해서 퍼뜨리긴 했지만, 가짜

까지 나타날 정도라니?

진룡뿐 아니라 적혈맹호대의 조호까지 사칭하고 있었다.

신기한 것은 구경꾼 중 어느 누구도 그들을 향해 가짜라고 손가락질을 하지 않는다는 점이었다.

게다가 진룡파라니?

언제 자신이 문파를 만들었단 말인가?

이건 사칭을 넘어선 날조에 가까웠다.

한빈은 더욱 눈을 가늘게 떴다.

아마도 그들의 대결을 지켜보면 사칭의 이유도 찾을 수 있을 것이 분명했다.

이 싸움을 구경할 이유는 차고도 넘쳤다.

하지만 그들은 좀처럼 움직이지 않았다.

침만 삼키며 서로의 눈을 바라보고 있었다.

그 모습만 본다면, 둘 다 강호 초출임이 분명했다.

한빈은 팔짱을 풀지 않았다.

이 정도 거리라면 언제든 개입할 수 있었다.

거기에 더해 장씨세가 정도라면 가짜 진룡에게 당하지는 않을 것이 분명했다.

그때였다.

장무희가 상대를 노려봤다.

"네가 진룡의 수하라고? 그럴 리 없다."

"그게 무슨 말이더냐?"

가짜 조호가 눈을 가늘게 뜨자, 장무희가 말했다.

"진짜 진룡은 저렇게 덩치가 좋지 않으며, 진룡의 오른팔인 조호는 아직 스물이 넘지 않았다고 들었다."

"흠, 어디서 헛소문을 듣고!"

"그리고 진룡이란 이름은 강호를 대표하는 영웅의 이름이다. 그런데 길거리에 떨어진 푼돈을 주워? 누가 봐도 너희는 진룡과 그의 수하가 아니다."

장무희의 말에 가짜 조호의 관자놀이가 지렁이처럼 꿈틀댔다.

"뚫린 입이라고 마음대로 지껄이다니, 다시는 입을 열지 못하게 손봐 주지."

그들의 대화에 한빈은 고개를 갸웃했다.

장무희의 말을 들어 보면 진룡과 적혈맹호대에 대해 조사했다는 느낌이 들어서였다.

장씨세가가 있는 복건까지는 진룡의 정확한 행적이 퍼져나가기 전.

그런데 저리 자세히 알고 있다고?

거기에 더해 진룡을 사칭하는 상대에게 분노를 한 것같이 느껴지기도 했다.

그때 가짜 조호가 늑대처럼 장무희를 향해 달려들며 도를 횡으로 그었다.

정확히 세 번을 그었지만, 그 동작이 하나처럼 빨랐다.

챙. 챙. 챙.

장무희가 뒤로 물러서며 가짜 조호의 공격을 막아 냈다.

그 모습을 바라보던 한빈은 고개를 갸웃했다.

가짜 조호의 지금 수법은 하북팽가의 기본 무공이자 도법의 기본인 '왕자사도'였다.

번개같이 세 번을 횡으로 공격한 후, 일도양단의 기세로 상대의 정수리를 노리는 초식.

이 초식의 기본은 다름 아닌 빠름과 느림의 조화.

빠름에 익숙해지면 태산을 쪼갤 듯한 무게로 상대를 누른다.

재미있는 것은 수박 겉핥기식의 수법이 아니라, 하북팽가의 왕자사도를 정확하게 꿰뚫고 있다는 점이었다.

누가 봐도 가짜 조호는 하북팽가 사람이 분명했다.

과연 어찌 된 일일까?

한빈이 고개를 갸웃하고 있을 때였다.

장무희의 검이 가짜 조호의 빈틈을 노렸다.

휙!

장강의 물결을 막을 수는 없는 법.

여인의 검이 그랬다.

그녀의 검로는 강물처럼 부드럽게 가짜 조호의 간격 안으로 흘러 들어갔다.

두 치, 한 치!

장무희의 검이 가짜 조호의 목을 꿰뚫으려 할 때였다.
은빛 섬광이 여인과 가짜 조호의 사이를 갈랐다.
팍!
그 섬광에 여인은 놀란 개구리처럼 껑충 뛰며 뒤로 물러났다.
가짜 진룡이 도를 뽑은 것이다.
그가 보여 준 한 수는 절정에 가까웠다.
한빈은 이 부분에서 의문이 하나 더 생겼다.
절정급의 고수라면 자신의 명예도 생각할 위치였다.
그런데 가짜 진룡의 행세를 한다고?
의문도 잠시, 가짜 진룡의 도가 장무희의 목을 노렸다.
이제는 반대의 상황.
가짜 진룡의 도가 장무희의 목을 꿰뚫으려 할 때였다.
하얀 소매가 둘 사이에 파고들었다.
팡!
그 일격은 가짜 진룡의 도를 가까스로 막아 냈다.
그들은 잠시 뒤로 물러나 서로를 바라봤다.
하얀 소매의 정체는 바로 장무희의 오라비였다.
그녀의 오라비는 장무희의 앞에서, 말아 쥔 오른 주먹을 가짜 진룡을 향해 내밀었다.
절정 고수의 한 수를 맨손으로 막아 낸다고?
저 정도면 절정의 경지 혹은 초절정 초입에 이르렀다고 봐

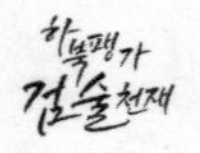

도 되었다.

장씨세가의 절정급 권사라?

장씨세가에 절정급의 검객은 제법 있다고 들었다.

하지만 장씨세가에서 배출한 권사는 금시초문이었다.

장씨세가는 검을 기본으로 하는 검술의 명가.

복건의 장씨세가에서 검을 쓰지 않는 무사들은 권보다는 궁술에 능했다.

장씨세가는 검과 궁술로 일가를 알린 무림세가니 말이다.

그런데 권법이라?

그런 고수가 있다는 소문은 전생에도 현생에도 듣지 못했다.

그때였다.

가짜 조호도 재빨리 싸움에 끼어들었다.

그들의 대결은 점점 격렬하게 변해 갔다.

일대일 대결에서 이 대 이의 싸움이 된 것.

하지만 시간이 갈수록 그들의 싸움은 가짜 진룡 쪽으로 기울었다.

가짜 진룡의 무공도 무공이지만, 그의 도는 예사 물건이 아닌 듯 보였다.

장무희의 검과 가짜 진룡의 도가 허공에서 부딪쳤다.

쨍!

그 순간 한빈은 그 울림 속에 미묘한 소리가 섞여 있음을 알 수 있었다.

"검신에 균열이 생길 정도라……."

한빈은 그들의 대결을 더욱 유심히 살펴보았다.

소리만 들어서는 가짜 진룡이 쓰는 도의 재질은 묵철이 분명했다.

하북팽가의 무공과 묵철로 된 병장기라?

그때였다.

댕강!

가짜 진룡의 도가 장무희의 검을 반 토막 내었다.

반 토막 난 장무희의 검신이 바닥에 나뒹굴었다.

토막 난 검신을 가짜 진룡이 발로 툭 쳤다.

가짜 진룡의 발에 맞은 검신이 어디론가 날아갔다.

휙!

검신이 날아간 곳은 장무희의 오라비가 있는 쪽이었다.

가짜 조호와 대결하던 오라비의 뒤에는 구경꾼들이 제법 있었다.

장무희의 오라비가 피하면 그 뒤에 있는 구경꾼들이 낭패를 당할 상황.

그녀의 오라비는 재빨리 소매를 펼쳐서 토막 난 검신을 받았다.

마치 공놀이를 하듯 편안하게 검신을 받아 낸 장무희의 오라비에, 구경꾼들이 박수를 쳤다.

짝. 짝.

그들의 눈에는 이 대결이 생사결이 아닌 한 편의 경극으로 보이는 것 같았다.

하긴, 싸움이 빈번한 곳에서의 대결은 당사자에게나 생사결이지 구경거리에 불과했다.

구경꾼들이 마른침을 삼키고 있을 때, 가짜 조호가 도를 일도양단의 기세로 그었다.

팡!

파공성이 들릴 정도로 빠른 가짜 조호의 한 수가 오라비의 정수리를 향해 날아왔다.

하지만 장무희의 오라비는 반원을 그리며 왼쪽으로 한 발 움직였다.

순간 가짜 조호의 도가 바닥을 갈랐다.

파악!

만약 그 자리에 있었다면 장무희의 오라비는 반 토막이 났을 것이 분명했다.

그 장면을 본 설화가 자리에서 일어났다.

설화는 우혈랑검을 잡고는 한 발 앞으로 나아갔다.

싸움에 끼어들려는 설화를 한빈이 잡았다.

"조금만 더 지켜보자꾸나."

"저들이 위험할 것 같은데요. 아무래도 저 가짜들이 실력을 숨기고 있는 것 같아요."

"힘을 숨기고 있는 건 가짜 진룡 일행뿐이 아닌 것 같다."

"그게 무슨 말이에요?"

"힘을 숨기고 있기는 남매도 마찬가지라는 거지."

한빈은 조용히 팔짱을 끼고 그들을 바라봤다.

지금 한빈이 의아하게 생각하고 있는 것은 장무희의 오라비였다.

그는 모든 동작을 절제하고 있었다.

힘과 깊이를 적절하게 조절하며 상대를 봐주는 듯 보였다.

그것이 아니라면 이 싸움은 장무희와 그 오라비 쪽으로 진작에 기울었을 터였다.

힘을 숨긴 상태에서 상대를 봐준다?

그 이유는 자신의 정체를 숨기기 위함이라고 한빈은 판단했다. 거기에 더해 전생에는 듣지 못했던 장무희 오라비의 등장이었다.

다른 이는 모르겠지만, 한빈은 지금의 상황이 수상했다.

강호에서 가장 경계해야 할 자를 흔히 노인과 여자 그리고 아이라고 한다.

한마디로 힘을 숨긴 약자를 경계하라는 뜻.

장무희의 오라비도 마찬가지였다.

그가 힘을 숨기는 이유를 한빈은 알 수 없었다.

의심 가득한 한빈의 모습을 본 설화는 고개를 갸웃했다.

설화는 입술을 잘근잘근 씹으며 우혈랑검을 움켜쥐었다.

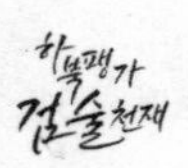

설화가 보기에 적군과 아군의 구별은 이미 끝났다.

가짜 주군과 가짜 조호로 위장한 놈들은 적.

그들의 상대인 남매는 아군이었다.

아니, 적군과 아군의 구별을 넘어서 자신의 주군인 한빈을 사칭하는 자를 용서할 수 없었다.

옆을 보니 청화도 분을 이기지 못해 입술을 깨물고 있었다. 발아래 있던 백호도 마찬가지였다.

백호는 설화와 똑같이 인상을 쓰고 적을 노려보고 있었다.

그때 가짜 진룡과 남매가 엉겨 붙기 시작했다.

순간 가짜 진룡이 손가락을 튕겼다.

딱!

순간 뒤쪽에서 구경하고 있던 가짜 진룡의 수하들이 몰려들기 시작했다.

그들은 모두 장무희를 향해 달려들었다.

여러 개의 검이 장무희에게 향하는 순간.

그녀의 오라비가 가짜 조호를 등지고 그들을 막아섰다.

절체절명의 상황.

가장 큰 문제는 장무희의 오라비가 맨손이라는 점이었다.

그때였다.

그의 손에서 백색 기운이 피어올랐다.

백색의 기운은 양쪽에서 날아오던 공격을 튕겨 냈다.

팅!

단순히 공격을 튕겨 낸 것만이 아니었다.

이화접목의 묘리로 그들이 뻗어 낸 검날이 동료의 어깨에 박혔다.

팍!

순간 가짜 진룡의 수하 중 하나가 비명을 토해 냈다.

"앗!"

하지만 그 비명은 구경꾼들의 환호성에 묻혔다.

맨손으로 일류 무사들의 공격을 튕겨 내는 모습은 구경꾼들의 마음을 설레게 하기 충분했다.

거기에 구경꾼의 안전을 위해 날아오는 검날까지 막아 준 장무희의 오라버니는 그들에게는 벌써 영웅이었다.

구경꾼들이 환호성을 내질렀다.

"최고다!"

"진룡대협을 꺾다니……."

그들의 환호성에 묘하게 설화의 표정이 구겨졌다.

비록 가짜라지만, 주군인 한빈의 이름이 깎이는 것이 못마땅했기 때문이다.

청화의 표정도 설화와 판박이였다.

그때였다.

한빈이 자리에서 일어났다.

그 모습에 설화가 고개를 갸웃했다.

"어디 가세요?"

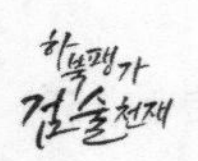

"아무래도 저 친구가 위험할 것 같아서 말이다."
한빈이 가리킨 것은 장무희의 오라비였다.
설화는 고개를 갸웃했다.
가짜 진룡이 유리할 때는 가만히 있었던 한빈이었다.
그런데 장무희의 오라비가 유리한 상황에서 끼어드는 것은 누가 봐도 이상해 보였다.
설화가 다급하게 말했다.
"공자님……."
하지만 설화는 말을 맺지 못했다. 한빈이 눈앞에서 사라졌기 때문이었다.

한빈은 재빨리 구걸십팔보를 극성으로 펼쳤다.
거기에 추가로 전광석화를 펼치며 월아를 뽑았다.
스릉.
한빈이 월아를 뽑는 모습은 누구도 보지 못했다.
눈에 보이지도 않는 발검.
한빈의 마음은 그 정도로 다급했다.
'전광석화.'
장무희의 오라비에게 달려가는 한빈의 눈이 가짜 진룡이 뻗은 도의 궤적을 좇았다.
한빈이 이렇게 나서게 된 이유는 장무희와 그녀의 오라비의 상태가 이상했기 때문이다.

그녀의 오라비는 지금 눈을 까뒤집고 있었다. 그 모습을 확인한 장무희의 눈은 절망에 물들어 있고 말이다.

더는 지켜볼 수 없는 상황이 된 것이다.

그 틈을 가짜 진룡은 놓치지 않았다.

틈을 발견하자 가짜 진룡은 용이 똬리를 틀듯 회전하더니 그대로 도신을 뻗었다.

휙!

가짜 진룡이 뻗은 도의 궤적은 오라비의 목에 닿기 일보 직전이었다.

한빈이 월아를 뻗었다.

'자승자박.'

이화접목의 수법인 자승자박을 펼친 것은 장무희의 오라비를 구하는 동시에 가짜 진룡의 무공을 시험하기 위해서였다.

지금의 한 수는 누가 봐도 가짜 진룡이 마지막으로 짜낸 한 수였다.

그의 모든 내공이 들어가 있는 한 수.

자승자박은 자신이 펼친 공력의 오 할을 돌려받게 되는 이화접목의 수법이다. 물론 상대가 한빈보다 공력이 더 높을 때는 이 할을 돌려받게 된다.

아마도 후자의 경우보다 전자의 경우일 확률이 높았다.

순간 가짜 진룡의 도가 한빈의 검에 닿았다.

탕!

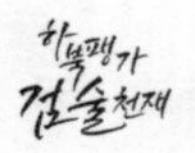

한빈의 검에 부딪친 가짜 진룡의 도가 그대로 튕겨 나갔다. 아니 튕겨 나갔다고 보기보다는 물을 벤 것처럼 그대로 흘렀다고 보는 것이 맞았다.

가짜 진룡의 도는 옆에서 다가오던 가짜 조호를 향해 날아갔다.

가짜 조호가 막았지만, 도에 실린 거대한 진기까지 막지는 못한 듯 뒤로 다섯 걸음이나 밀려 났다.

하지만 뒤쪽으로 밀린 가짜 조호보다는 도를 뻗은 가짜 진룡이 더 낭패한 모습이었다.

가짜 진룡은 울컥하고 피를 쏟아 냈다.

바로 자승자박의 효과 때문이었다.

가짜 진룡이 퍼부은 힘이 적지 않음을 알고 있었다.

그 힘이 무방비로 있던 가짜 진룡에게 그대로 돌아왔으니, 이런 낭패한 모습을 보이는 것도 당연했다.

하지만 가장 처참해 보이는 것은 장무희의 오라비였다.

장무희의 오라비는 넋이 나간 듯 어깨를 가늘게 떨고 있었다.

그때 장무희가 달려왔다.

오라비의 곁으로 달려온 장무희는 재빨리 무명천을 꺼내 오라비의 눈을 가려 주었다.

그 순간 한빈이 손가락을 튕겼다.

딱!

한빈이 손가락을 튕긴 순간, 검은색 그림자 하나가 움직였다.

사사 삭.

검은색 그림자가 지나간 곳에 서 있던 가짜 진룡의 수하들은 다리의 힘을 잃고 그대로 쓰러졌다.

털썩!

털썩!

마치 수수깡이 산들바람에 쓰러지듯 그들은 힘없이 바닥에 나뒹굴었다.

가짜 진룡 일행이 모두 쓰러지자, 검은색 그림자는 한빈의 옆에 멈췄다.

검은색 그림자는 손을 털더니 활짝 웃으며 말했다.

"공자님, 다 끝났어요."

"그래. 잘했다, 설화야."

검은색 그림자의 정체는 설화였다.

꾀죄죄한 모습 때문에 거지로 보였던 설화.

평소 같았으면 설산신녀라는 칭호를 들었을 테지만 오늘만은 까마귀를 생각나게 했다.

모든 일이 끝났는데도 구경꾼들은 자리를 뜰 줄 몰랐다.

설화는 고개를 돌리더니 가짜 진룡 일행을 가리켰다.

"저 사람들은 가짜 진룡대협이에요."

설화의 말에 구경꾼들이 술렁이기 시작했다.

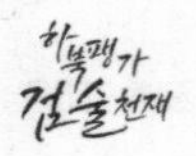

"가짜라고?"
"저런 고수가 왜 가짜 행세를 해?"
"저자들이 썼던 게 하북팽가의 초식인데, 가짜라고?"
웅성거리던 구경꾼을 본 설화가 씩 웃었다.
"혹시 진짜 진룡대협은 도를 쓰지 않는다는 걸 아시나요?"
"하북팽가가 도를 안 쓴다고?"
구경꾼 중 나이가 지긋한 중년이 놀란 눈으로 물었다.
그 모습에 설화는 의미심장한 웃음을 지었다.
"그분은 검을 쓰세요. 하북 최고, 아니 강북 최고의 검객이시거든요."
"그러는 아가씨는 누군데 그리 잘 아는 건가?"
"저로 말씀드리자면……."
설화는 잠시 얼굴을 붉혔다.
설산신녀라는 칭호를 자기 입으로 내뱉자니 부끄러워서였다.
하지만 설화는 결심했다.
자신의 얼굴에 금칠하는 것은 창피한 일이 아니라고 한빈이 항상 강조했기 때문이었다.
설화가 다시 입을 열려 할 때였다.
대화를 나누던 구경꾼이 손뼉을 쳤다.
짝!
"개방이군. 개방이야."

그게 시작이었다. 나머지 구경꾼들은 상황을 보고 고개를 끄덕였다.

한빈의 복장이나 설화의 복장 모두 거지로 오해받기 딱 좋았다.

심지어 조금 전까지 설화는 동냥 그릇을 펼쳐 놓고 구걸까지 하지 않았던가?

여기에서 거지가 아니라고 우기기도 우스운 일이었다.

설화의 얼굴이 화롯불처럼 벌겋게 달아올랐을 때였다.

누군가 한빈을 가리키며 말했다.

"그러고 보니 개방의 고수라면……."

"그래, 저 사람이 바로 광개야. 광개라면 당연히 진룡대협을 잘 알고 있겠지. 그러니 저렇게 나선 것이고!"

"그럼 진룡대협의 친우로 유명한 광개 대협이 가짜 진룡을 밝혀낸 것이군."

"그렇지. 도원결의를 맺은 사이니, 가짜를 보고 분노하지 않을 수 없지."

"광개 대협 만세, 개방 만세!"

분위기는 묘하게 흘러갔다.

졸지에 한빈이 개방의 분타주 광개로 오해받는 상황이 펼쳐졌다.

더 황당한 것은 설화나 청화까지 모두 개방의 거지로 오해받고 있다는 점이었다.

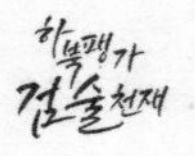

순간 설화의 눈썹이 승천하는 용처럼 이마 위에서 꿈틀댔다.

말이 좋아 개방이지, 한마디로 거지가 아니던가?

설산신녀는 순백의 여인이라는 또 다른 별호로 강호인들에게 불리기도 했다.

그 이야기를 들을 때마다 설화는 만족스러운 표정으로 활짝 웃었었다.

그런데 졸지에 거지라니!

설화는 차마 자신의 입으로 정체를 밝힐 수 없었다. 설산신녀로 쌓아 올린 명성에 금이 갈까 두려워서였다.

눈썹을 꿈틀대던 설화는 구경꾼들을 다시 한번 쏘아봤다.

눈 깜짝할 사이에 구경꾼들 앞에 선 설화의 손에는 동냥 그릇이 들려 있었다.

설화의 보법은 누가 봐도 신기했다.

구경꾼들은 앞으로 닥쳐올 일을 모르는 채 손뼉을 쳤다.

"역시 개방이군. 저 보법이 그 유명한 구걸십팔보 맞지?"

"아마도 그렇겠지. 저렇게 빠른 경공술은 개방의 구걸십팔보밖에 없지 않나."

"역시나 개방이군."

그들은 입에 침이 마르도록 설화의 경공술을 칭찬했다.

그들의 칭찬이 잠잠해지자, 설화가 눈을 빛내며 구경꾼을 바라봤다.

"그렇죠. 개방의 힘은 위대하죠. 구경은 잘하셨죠?"

설화가 활짝 웃으며 하얀 이를 수줍게 드러내자, 구경꾼은 고개를 끄덕였다.

"덕분에 눈 호강을 했다네."

"그럼 성의를 보여 주시죠."

설화가 동냥 그릇을 내밀자, 구경꾼이 화들짝 놀라 뒤로 물러났다.

"서, 성의라니, 그게 무슨 말인가?"

"제가 세상에서 가장 존경하는 분이 그러셨거든요. 세상에 공짜는 없다고요."

물론 설화가 말한 이는 한빈이었다.

세상에 공짜는 없다는 것은 한빈의 신조 중 하나였다.

하지만 구경꾼은 이해가 안 된다는 듯 다시 한 발 물러섰다.

"세상에 공짜는 없다니 그게……."

"생각해 보세요. 눈 호강을 했다고 하셨잖아요. 그런데 공짜로 구경하려고 하신 거예요?"

"그, 그건……."

"그러니 성의를 보이시죠."

"대체 나한테 왜……."

구경꾼은 말을 맺지 못했다. 설화의 눈썹이 꿈틀댔기 때문이다.

꿈틀거리는 설화의 눈썹은 성난 황소의 뿔처럼 보였다.

"자, 잠시만 기다려 보라고."

반사적으로 구경꾼은 품속을 뒤졌다.

"여기 있군. 자, 구경값이네."

그는 설화의 동냥 그릇에 자신이 가지고 있던 철전을 다 털어 넣었다.

갑작스러운 상황에 나머지 구경꾼들이 서로를 바라봤다.

그들은 약속이나 한 듯이 숨을 죽였다.

개방 만세를 외치던 환호성이 급격하게 줄어든 것은 당연했다.

동시에 설화는 쌍심지를 켜며 다른 구경꾼들에게도 손을 내밀었다.

이것을 구걸이라고 해야 할까? 아니면 강탈이라고 해야 할까?

설화의 눈빛에 구경꾼들은 뒷걸음을 치더니 모두 사라졌다.

이제 상황은 모두 정리되었다. 현장에는 가짜 진룡과 그의 수하 그리고 장무희 남매만 남은 상황.

한빈이 먼저 시선을 돌린 쪽은 장무희 남매였다.

"혹시 존성대명을 물어봐도 될까요?"

"저는 장무희라고 하고 제 오라버니의 이름은 장이연이라고 합니다. 저희는 복건에서 왔어요, 광개 대협."

아직도 한빈을 광개로 오해하는 상황이었다.
한빈은 일단 그대로 놔두기로 했다.
지금은 그런 자잘한 오해보다도 쓰러져 있는 장이연의 상태를 살피는 것이 중요했다.
"어찌 된 일입니까? 혹시 주화입마에라도 걸린 겁니까?"
"그건……."
장무희가 말끝을 흐리며 자신의 오라비를 바라봤다.
그 모습에 한빈은 확신했다.
오라비의 눈동자는 돌아오지 않았고 어깨에서 발끝까지 떨림이 강물처럼 밀려들고 있었다.
주화입마!
한빈은 장이연이 주화입마에 빠졌다고 생각했다.
그것을 제외하고는 생각할 수 없는 상황이었다.
권기(拳氣)를 쓰는 초절정급의 권사가 갑자기 눈을 까뒤집는다고? 그것도 일촉즉발의 상황에서?
보통의 경우라면 이러한 일은 있을 수 없었다.
하지만 일단 해야 할 일은 사내, 즉 장무희의 오라비를 회복시키는 일이었다.
그의 완맥을 잡은 한빈은 고개를 갸웃했다.
"뭐지?"
주화입마라면 탁기가 질풍노도처럼 혈맥을 잠식했어야 정상이었다. 그런데 지금 장이연의 상태는 마치 바람 한 점 없

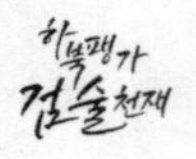

는 호수와도 같았다.

들끓던 탁기가 생각지도 못하게 순식간에 가라앉은 것이다.

기사회생의 초식을 쓰지 않았는데 이렇게 진정되다니!

지금의 모습만 보면 그냥 잠들어 있는 것 같았다.

한빈이 고개를 돌려 보니 장무희는 아무렇지 않게 고개를 끄덕이고 있었다.

"주화입마는 아니에요. 우리 오라버니는 시간이 지나면 항상 괜찮아졌으니까요."

"흠, 일단 이곳부터 정리하는 게 순서일 것 같습니다."

한빈의 말에 장무희가 주변을 둘러봤다.

그녀의 눈에 널브러진 가짜 진룡의 무리가 들어왔다.

순간 장무희가 가슴을 쓸어내렸다.

만약 상대가 도와주지 않았다면 자신과 오라비가 어찌 되었을지 눈에 훤했기 때문이다.

그녀는 재빨리 고개를 숙였다.

"감사드려요, 광개 대협."

"제가 하나만 묻겠습니다."

"하문하시지요."

"저를 왜 광개라고 생각하시는 겁니까?"

"이 부근에서 이 정도의 무위를 지니고 계신 개방의 고수는 광개 대협밖에 없다고 들었어요. 소문에 의하면 광개 대협의 모습은…….”

장무희가 끝없이 광개의 칭찬을 늘어놓았다.

“아, 그랬군요.”

한빈은 고개를 끄덕였다.

진룡에 대한 소문은 한빈이 광개에게 부탁한 것이었다.

아마도 광개가 자신의 소문을 덤으로 얹은 것이 틀림없었다.

“이놈을 그냥…….”

한빈이 주먹을 불끈 쥐자 놀란 장무희가 물었다.

“왜 그러시는지요? 혹시 제가 잘못이라도…….”

“아닙니다.”

“참, 광개 대협이라고 생각한 데는 다른 이유가 하나 더 있네요.”

“말씀해 보시죠.”

“광개 대협은 진룡대협의 오른팔이잖아요. 진룡대협에 대해서 잘 알고 계시는 모습을 보고 광개 대협이 당연하다고 생각했어요.”

다시 또 진룡에 관한 이야기가 나왔다.

이제는 본론으로 들어가야 할 때라고 생각한 한빈이 눈을 가늘게 뜨고 물었다.

“진룡이란 사람에 대해서 어찌 그리 잘 알고 계시는 겁니까?”

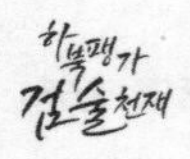

"사실 저희 남매는 그분을 찾아서 복건에서부터 왔어요."
"흠. 그 이유를 물어봐도 될까요?"
"오라버니의 병을 고치기 위해서예요."
"방금 그 발작 말씀이신가요?"
"네, 그래요."
"대체 무슨 병이기에 진룡을 찾는지 궁금하군요."
"사실 이 증상은 병이 아니에요."
"병이 아니라면 왜 이런 발작을 일으키는 거죠?"
"정확히 말하면, 예전에 진룡대협의 증상과 같아요."
"진룡과 같은 증상이라고요?"
한빈은 눈을 가늘게 떴다.
자신은 저렇게 발작을 일으킨 적이 한 번도 없었다.
고개를 젓는 한빈의 모습을 본 장무희가 말을 이었다.
"진룡대협은 전에 하북 최고의 겁쟁이라 불렀던 적이 있었다고 들었어요. 피만 보면 도망치기 바빴다고요."
"흠, 그건 그렇습니다."
한빈은 반사적으로 고개를 끄덕였다.
하북 최고의 겁쟁이를 넘어 수치라고 불리기도 한 것이 얼마 되지 않은 일이었다.
하지만 하북 최고의 겁쟁이와 진룡이라 불리는 인물이 같은 인물이라는 것을 모르는 사람도 부지기수였다.
복건에서 온 인물이 둘이 같은 인물이라는 것을 안다는 것만 해도, 그들이 꽤 큰 노력을 들였음을 알 수 있었다.

한빈의 머릿속에는 온갖 의문이 스쳐 지나갔다.

상대가 하북제일의 겁쟁이라 불리던 시절을 왜 언급하는지 알 수 없었다.

하지만 장무희는 답 대신 자신의 오라비를 바라보며 옅은 한숨만 내쉬었다.

잠시 한숨을 내쉰 장무희가 다시 말을 이었다.

"저희 오라버니는 사실 가문에서 백 년 만에 태어난 천재라는 소리를 듣던 무인이었어요."

"아까 권기를 일으키는 것을 보니 가능하다고 생각합니다. 그 나이에 권기를 형상화시킨다니, 저도 처음 보는 재능이었습니다."

한빈이 고개를 끄덕이며 잠든 장이연을 바라봤다.

얼굴만 봐서는 한빈보다 대여섯 살 많아 보이는 장이연.

그 나이에 권기를 자유자재로 쓸 수 있다면 가문 최고의 재능이라 불릴 만했다.

그때 장무희가 다시 말을 이었다.

"그 재능을 덮을 만한 약점이 하나 있어요."

"약점이라니요?"

"우리 오라버니 역시 강남 최고의 겁쟁이라고 불리고 있거든요. 피만 보면 경기를 일으키며 아무것도 못 하는 병 때문에요."

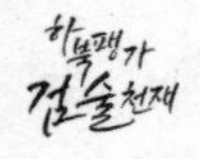

"그 결과가 지금의 상태라는 말입니까?"

한빈은 장이연을 바라봤다.

잠시 그를 바라보던 한빈이 미간을 좁혔다.

전생의 기억을 떠올려 보니 요절한 복건 지역의 천재 권사가 한 명 있다고 들었다.

위씨세가와의 비무에서 실수로 요절한 천재 권사.

그의 성이 아마도 장씨였던 것 같았다.

지금 살아 있는 것은 한빈이 위씨세가를 와해시켰기 때문이 분명했다.

전생에 얼핏 들었던 권사가 장무희의 오라비였다니!

이것은 전생에서는 몰랐던 사실이었다.

그때 장무희가 다시 입을 열었다.

"네, 그래요. 하북팽가의 막내 공자도 우리 오라버니와 비슷한 병을 앓고 있었다고 들었어요. 저희는 그분의 병을 고친 의원을 찾고 있어요."

"의원이라……."

"저희는 그 병을 고친 의원님을 꼭 찾고 싶어요. 그분을 찾으려면 먼저 진룡대협을 찾아야 해요."

"그러니까, 진룡을 찾는 것이 아니라 진룡을 돌봐 준 의원을 찾는다는 말씀이시죠?"

"네, 맞아요. 그런 이유로 저희는 진룡대협을 뵈어야 해요."

"아마도 진룡은 지금 하북에 없을 겁니다."

"네?"

"무당에서 열리는 영웅 대회에 갔다가 불광사에 들른 것이 그분의 마지막 흔적입니다."

한빈은 남의 이야기를 하듯 자신의 흔적을 늘어놓았다.

장무희의 얼굴이 붉으락푸르락 변했다.

어찌할 바를 모르는 듯 눈알을 이리저리 굴리고 있는 장무희의 모습에 한빈이 헛기침했다.

"험."

순간 장무희가 다급하게 표정을 정리하고 말을 이었다.

"제발 도와주세요, 광개 대협."

"흠."

한빈은 헛기침하며 잠시 주위를 둘러봤다.

순간적으로 한빈의 머릿속에 계획이 주르륵 떠올랐다.

지금 거지 행세를 한 채 전장에 다시 들어가서 돈을 찾지 않는 이유는 며칠간의 흔적을 완벽하게 지우기 위함이었다.

이곳에서부터 하북까지의 행적도 완벽하게 지울 수 있다면 더할 나위가 없는 상황.

한빈은 장무희를 바라보며 눈을 반짝였다.

시선이 마주친 장무희는 재빨리 말을 이었다.

"안내해 주시면 제가 사례할게요. 그리고 여정에 필요한 경비도 제가 댈게요. 그러니 부탁드려요, 광개 대협."

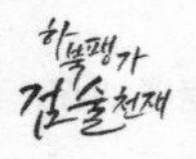

장무희는 사례와 경비라는 단어에 유난히 힘을 주었다.
개방의 광개가 유난히 돈을 밝힌다는 소문을 들었기 때문이다.
장무희는 눈을 반짝이며 대답을 기다렸다.
그때 한빈이 턱을 어루만졌다. 물론 대답은 정해져 있었다.
한빈은 잠시 고민하는 척하다가 고개를 끄덕였다.
"좋습니다. 일단 안내를 도와드리지요. 그러지 않아도 저도 하북으로 향하는 중입니다."
"가, 감사해요. 대협."
장무희는 고개를 머리가 바닥에 닿을 정도로 예를 취했다.
그 모습을 본 한빈은 손을 내저었다.
"너무 과한 예는 부담스럽습니다. 그런 일단 자리를 옮길까요?"
"어디로 가려고 하시는……."
그때 설화가 불쑥 나타났다.
"일단 옷부터 사야 할 것 같아요, 언니."
친근하게 장무희를 바라보던 설화가 자신의 소매를 툭툭 털었다.
소매에서는 검은색 먼지가 봄날 꽃가루처럼 풀풀 날렸다.

덫

장무희가 고개를 갸웃하며 물었다.

"죄송하지만, 개방도도 옷에 신경을 쓰시나요?"

"옷에 신경을 안 쓰는 사람이 어디 있나요? 장 언니."

설화가 당연하다는 듯 말하자 장무희가 조심스럽게 중얼거렸다.

"그래도 명색이 개방인데……."

의심 가득한 장무희의 모습에, 한빈이 재빨리 말을 이었다.

"물론 개방은 옷차림에 신경을 안 씁니다. 다만 이곳에서 거하게 사고를 쳤으니 변복이 필요할 듯싶습니다."

한빈이 널브러져 있는 가짜 진룡 일행을 가리켰다.

그때였다.

가짜 진룡의 수하들이 하나둘씩 일어나기 시작했다.

순간 장무희가 다시 검을 잡았다.

검을 잡은 장무희가 그들을 쫓기 위해서 앞으로 나가려 할 때였다.

한빈이 그녀의 소매를 잡았다.

"그냥 놔두시죠."

"저들을 잡아서 자초지종을 밝혀야죠. 그냥 도망치게 두면 어떻게 합니까?"

"강호 속담에 이런 말이 있죠. 뛰어 봐야 벼룩이라고요."

"지금 놓치면 잡을 길이 없을 것 같은데요."

"괜찮습니다. 뛰어 봐야 부처님 손바닥 위입니다."

한빈이 손바닥을 펼쳐 보였다.

손안에는 가느다란 은침 한 움큼이 있었다.

한빈은 아무렇지 않게 그 은침을 뿌렸다.

휙!

아무런 기운도 담기지 않은 은침이 주변으로 흩어졌다.

한빈의 동작을 본 장무희가 고개를 갸웃했다.

그도 그럴 것이, 그녀가 보기에 한빈의 동작은 헛손질에 불과했다.

초식이라면 어떤 규칙이라도 있을 텐데, 한빈의 동작에는 어떤 규칙도 없어 보였다.

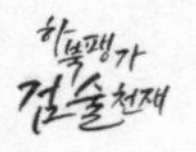

마치 파리를 쫓는 듯한 모습.

그때였다.

그녀의 오라비인 장이연이 눈을 떴다.

"흠."

가느다란 신음에 장무희가 재빨리 몸을 일으켰다.

"오라버니?"

"내, 내가……."

장이연은 눈을 뜨자마자 누이동생의 몸과 얼굴을 살폈다.

그 모습에 장무희가 답했다.

"저는 괜찮아요."

"다행이구나."

말을 마친 장이연은 뭔가 생각난 듯 그제야 자신의 몸을 확인하기 시작했다.

자기 몸을 확인한 장이연이 눈을 크게 떴다.

"분명히 칼날이 나를 향해 날아오고 있었는데, 어찌 이리 멀쩡할 수가 있단 말이냐?"

"여기 계신 광개 대협이 구해 주셨어요."

장이연이 한빈을 바라봤다.

그 모습에 한빈이 살짝 고개를 숙였다.

"어쩌다 보니 제가 나서게 되었습니다. 그리고 그냥 무명이라고 불러 주십시오. 신분을 숨기기로 한 이상, 지금부터는 이름을 숨겨야 할 것 같습니다."

"아, 그렇겠군요."

장무희가 고개를 끄덕이며 한빈과 나눴던 대화를 장이연에게도 전했다.

말을 모두 마친 장무희가 장이연을 부축하며 자리에서 일어났다.

두 남매는 한빈을 향해서 포권지례를 올렸다.

"구명지은에 감사드리오."

"저도 감사드려요."

그들의 모습에 한빈이 고개를 끄덕였다.

"별말씀을요. 그럼 이제 출발해 볼까요?"

"부탁드릴게요."

활짝 웃던 장무희가 황급하게 주변을 둘러봤다.

그 모습에 장이연이 물었다.

"왜 그러느냐?"

"여기 있던 가짜 진룡이 없어졌어요. 꼬리는 놔둬도 머리는 잡아야 했는데!"

콧김을 뿜으며 살기를 피워 대는 장무희의 모습에, 장이연이 말했다.

"그럼 쫓아 보자꾸나."

그들의 대화에 한빈이 끼어들었다.

"일단 휴식부터 취하시지요. 제가 장담컨대 그들은 머리가 아닙니다. 머리는 따로 있겠지요."

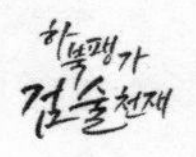

"그럼 지금이라도 그들을 미행해야 하지 않나요?"

"우리가 쫓으면 꼬리를 자를 겁니다."

"그렇다고 그냥 보내 주는 것도……."

"미끼를 걸어 놨습니다. 물론 어떤 미끼를 걸었는지는 비밀입니다."

한빈이 흐뭇한 표정으로 백호를 바라봤다.

백호는 한빈의 시선에도 하품을 해 댔다.

한빈이 걸어 놓았다는 미끼는 무엇일까?

그것은 바로 추종향이었다.

한빈은 은침을 날려 그들의 옷가지를 스치게 했다.

만약 그들의 몸에 박혔다면 아무리 한빈의 수법이 신묘하다고 해도 알아차렸을 것이다.

하지만 한빈은 은침으로 옷가지만 스치게 해, 추종향을 그들에게 묻혔다.

그것만으로도 이번 계획은 성공이었다.

사실 처음에는 이곳에서 그들을 심문하려고 했다.

하지만 하북팽가의 초식과 가짜 진룡의 무위를 보는 동안 마음이 바뀌었다.

그들의 무력이나 초식을 보면 단기간에 만든 조직이 아니었다.

하북팽가의 기본 도법이 왕자사도라고는 하지만, 그렇게 정교하게 흉내 낼 수 있는 자는 가문 사람밖에 없었다.

분명히 가문 안의 사람일 가능성이 큰데도, 한빈은 그들 중 누구도 알아볼 수 없었다.

즉 그 얘기는 누군가 가문 밖에서 사병을 키우고 있었다는 말이었다.

예전이라면 정화 부인의 조직이라 착각했을 것이다.

가문에서 쫓겨났던 정화 부인이라면 외부에서 세력을 키우고도 남았다.

하북팽가뿐 아니라 하남정가까지 모두 자신의 손에 넣으려고 했던 여인.

정화 부인은 가문에서 쫓겨난 이후 소식이 끊겼다.

하남정가에서 물려받은 비자금조차 모두 압수당했으니, 그녀가 할 수 있는 일은 없었다.

소문에 의하면 하남으로 내려가던 도중 산적을 만나 비명횡사했다는 얘기도 있었고, 해남으로 향하다가 배가 전복되었다는 말도 있었다.

그중 확인된 것은 아무것도 없었다.

개방과 하오문도 그녀의 흔적을 쫓지 못했으니, 세상에 없다고 봐도 되었다.

살아 있다고 해도 개방이 못 찾는 것이면 숨도 쉬지 않고 숨어 있는 게 분명하니 말이다.

그녀를 제외하면 가문 밖에서 사병을 키울 사람들은 한빈이 알기로는 없었다.

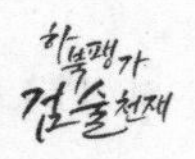

즉, 정체불명의 세력이라는 말이었다.

한빈의 계획에 있어서 불확실성은 최고의 적이었다.

그러니 불확실한 미래는 여기에서 제거하고 가는 것이 맞았다.

그들의 뒤를 캐기 위해 한빈은 추종향을 묻혔고 이제 천천히 그들을 쫓으면 된다.

다른 때 같았으면 혼신의 힘을 다해 쫓아야 했겠지만, 지금은 백호가 있었다.

녀석은 무림제일, 아니 천하제일의 후각을 가지고 있었다. 정확히는 한빈보다도 몇백 배 뛰어날 것이 분명했다.

한빈은 옷을 털고 천천히 걸어갔다.

나머지 사람들은 한빈을 천천히 따랐다.

백호도 이번만큼은 앞서가지 않았다.

녀석은 설화의 옆에 딱 달라붙어 있었다.

잠시 후, 한빈이 멈춘 곳은 옷을 파는 점포의 앞이었다.

한빈이 앞에 서자 주인이 부리나케 나왔다.

쓱 한빈을 훑어보던 주인이 이내 한숨을 내쉬었다.

"남은 밥이 없으니 그만 가 보게. 그리고 밥을 얻어먹으려면 저 건너 음식점으로 갈 일이지, 왜 여길 왔는가? 허허, 어서 가라고 해도."

점포 주인은 귀찮다는 듯 파리채를 휘휘 저었다.

그때였다.

장무희가 한빈의 옆으로 다가왔다.

“저자인가요? 제가 처리할게요, 공자.”

말을 마친 장무희는 검을 뽑았다.

스릉.

갑작스러운 상황에 점포 주인이 뒤쪽으로 물러나며 물었다.

“왜, 왜 그러시오? 벌건 대낮에 강도질이라니!”

“강도라니요? 어서 숨겨 놓은 자를 내놓으세요.”

“그게 무슨 말이오?”

점포 주인이 당황한 듯 뒷걸음치자, 장무희가 재빨리 한빈을 바라봤다.

“가짜 진룡 일행이 이곳으로 도망 온 것이 아니었나요?”

“착각입니다. 저는 단지 옷을 사러 왔을 뿐입니다. 아까 설화가 말했듯이 일단 옷가지가 필요합니다.”

한빈은 아무렇지 않게 턱짓했다.

순간 장무희가 황급하게 검을 집어넣고 전낭을 꺼냈다.

잠시 후.

점포 안에서 나온 것은 눈이 부실 정도의 외모를 지닌 선남선녀였다.

물론 그중에서 선남은 한빈이었다.

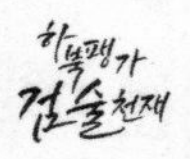

장씨 남매의 돈 덕분에 한빈은 거지꼴을 면할 수 있었다.

장무희는 한빈과 설화 그리고 청화에게서 눈을 떼지 못했다.

처음에는 평범한 거지인 줄 알았는데, 지금 보니 어느 무림세가의 자녀라고 해도 믿을 수 있을 정도였다.

거지가 옷을 갈아입는 것만으로도 저런 분위기를 보이다니!

장무희는 이제 개방도를 다시 평가하기로 했다.

겉으로 보기에는 거지 같아 보여도, 이렇게 옷을 입혀 놓으면 사람 자체가 달라지니 말이다.

멍하니 있는 장무희의 어깨를 장이연이 툭 쳤다.

"무슨 생각을 그리 하느냐?"

"아, 아무것도 아니에요."

"그럼 빨리 공자 일행을 쫓자꾸나."

장이연이 앞서가는 한빈 일행을 가리켰다.

한빈 일행은 벌써 멀찌감치 가고 있었다.

다급하게 가는 그들의 모습을 보면 지금부터 추격에 나선 것이 분명했다.

장이연은 동생을 이끌었다.

사실 장이연은 진룡, 즉 하북팽가의 막내 공자를 존경하고 있었다.

자신이 극복하지 못한 것을 하북팽가의 막내 공자는 극복하고 진룡이라는 별호까지 얻지 않았던가?

장이연은 어떻게든 지금의 상황을 극복하겠다고, 가문을 나오면서 결심했다.

사실 장이연과 장무희 남매는 가주의 허락 없이 가출한 상태였다.

장이연이 하북으로 간다고 말했으면 아마도 그의 아비는 말렸을 것이다.

장이연의 상태로는 강호에서 누굴 만나든 죽은 목숨이니 말이다.

피만 보면 온몸이 굳는데 어찌 대항하겠는가!

하지만 장이연은 자신의 이런 상태를 인정할 수 없었다.

사실 장씨세가는 장이연을 위해 모든 지원을 아끼지 않았다.

정확히 말하면 지원이 아니었다.

기둥뿌리를 뽑아서 장이연의 성장에 투자했다고 봐야 했다.

복건 지역에서 자리 잡은 장씨세가는 물질적으로는 여유로웠다.

다만 아쉽게도, 백 년간 강호에 이름을 날릴 만한 인물은 배출하지 못했었다.

가주와 원로가 모두 그 점을 아쉬워하고 있을 때, 천하제일의 인재가 나타난 것이다.

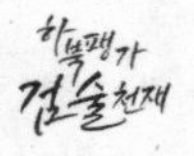

장이연은 태어날 때부터 다른 이들과 달랐다.

모든 배움이 다른 이들보다 열 배는 빨랐으며, 기골 또한 다른 아이들보다 뛰어났다.

그런데 열 살이 되던 해부터 지금의 병이 나타난 것이다.

덕분에 장이연은 검을 익히지 못했다.

잘못해서 상대 혹은 자신의 몸에 상처가 나면 발작을 일으키니, 검을 익히는 것은 불가능했다.

그래서 할 수 없이 익히게 된 것이 권법이었다.

덕분에 권법과 경공술만큼은 복건 최고라 불릴 정도가 되었다.

문제는 복건 지역의 모든 이가 장이연의 약점을 알게 된 것.

결국, 가문의 투자는 헛수고로 돌아갔다.

생각을 정리하던 장이연은 재빨리 내공을 끌어올렸다.

장이연은 고개를 갸웃했다.

아무리 생각해도 앞서가는 사람들의 경공술이 비정상적이었기 때문이다.

구걸십팔보가 뛰어나다고는 해도 저렇게 오래도록 빠른 속도를 유지한다는 것은 이상했다.

"과연 구걸십팔보인가……."

"오라버니, 같이 가요."

장무희도 당황한 표정을 숨기지 못했다.

그들의 체력이 한계까지 차올랐을 때였다.

한빈 일행이 멈췄다.

커다란 전각 앞에 선 한빈은 조용히 현판을 바라봤다.

정화 객잔

이 지역 최고의 객잔이었다.

그때 한빈의 뒤쪽에서 장이연이 숨을 몰아쉬며 다가왔다.

"이곳입니까?"

"일단 밥부터 먹죠. 원래 비무도 식후경이라는 말이 있지 않습니까?"

"이렇게 시간을 낭비했다간 잔당이 모두 몸을 숨길 겁니다."

장이연은 다급한 목소리로 말했다.

그 모습에 한빈이 검지를 입술에 갖다 댄 뒤 눈짓했다.

"쉿. 목소리가 너무 큽니다."

"아무리 그래도……."

"일단 회복이 먼저입니다. 이곳 만두가 유명하다고 하더군요."

한빈은 아무렇지 않게 객잔을 가리켰다.

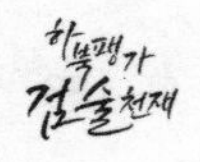

한빈 일행은 객잔의 이 층에 자리를 잡았다.
장씨 남매는 의심 가득한 눈으로 한빈을 바라봤다.
그때였다.
점소이가 그들에게 다가왔다.
한빈은 점소이의 손을 유심히 바라보았다.
점소이가 주문을 받고 떠나자, 한빈은 손가락을 튕겼다.
딱!
한빈의 손가락 튕기는 소리에, 설화가 눈을 반짝이며 청화에게 신호를 보냈다.
청화가 알아들었다는 듯 고개를 끄덕이자, 설화가 활짝 웃었다.
"공자님, 준비는 끝났어요."
"그래. 옛 성현께서도 말씀하셨지. 담대함은 명을 재촉하고 신중함은 명줄을 두껍게 만든다고 말이야."
"헤헤. 그 옛 성현이 혹시 공자님 아닌가요?"
"그건 비밀이다."
한빈이 어깨를 으쓱하며 아무렇지 않게 창밖을 바라봤다.
그 모습을 본 장무희가 물었다.
"혹시 지금이 신중함이 필요할 때인가요?"
"장 소저는 어떻게 보십니까?"

"저는 모르겠네요. 아무리 봐도 평범한 객잔 같은데요. 여기에 그자들이 있다는 건가요?"

"그자들의 머리가 있을 수도 있고 그 머리의 몸통이 있을 수도 있고요."

"혹시 배고파서 그냥 들어오신 건 아니고요?"

장무희가 의심의 눈길을 보냈다.

그도 그럴 것이, 바로 추격을 안 하고 옷을 사고 밥을 먹는 등 시간을 보낼 때부터 미심쩍었다.

장무희는 그런 행동 모두가 개방의 본능에서 나온 것이라고 생각했다.

따뜻한 옷과 맛있는 음식을 탐하는 것은 거지의 본능.

의심스러운 눈빛으로 한빈 일행을 바라보던 장무희는 고개를 갸웃했다.

다시 생각해 보니, 그들이 개방의 사람처럼 보이지 않았기 때문이다.

장무희의 물음에 한빈이 아무렇지 않게 답했다.

"끼니를 때우려고 들어온 것도 맞지요. 한 번에 모든 일을 해결하면 그보다 좋은 건 없는 법입니다."

"한 번에 모든 일을 해결하다니요?"

"두고 보면 압니다."

한빈이 어깨를 으쓱할 때, 점소이가 다가왔다.

커다란 쟁반을 들고 온 점소이가 음식을 하나씩 내려놨다.

탁. 탁.

순식간에 탁자 위는 음식으로 가득 찼다. 장무희는 자신도 모르게 한빈 일행을 살폈다.

아무리 봐도 음식이 너무 많았다.

아니, 그보다 나온 음식의 종류가 문제였다.

요리의 종류가 많아도 너무 많았다.

소면에 만두 그리고 각종 요리까지!

"음식이 잘못 나온 것 같은데요."

"아니에요. 이건 다 청화 거예요."

설화가 청화를 가리키며 말하자, 장무희가 황당한 얼굴로 물었다.

"이걸 다 먹겠다고?"

"네. 제 것은 따로 주문했어요. 언니와 오라버니 것도 물론 따로 나올 거고요. 그리고 우리 백구 것도……."

장무희는 이해가 되지 않았다.

이 많은 음식을 혼자 먹다니?

지금 나온 음식은 장정 열 명이 먹어도 남을 양이었다.

그런데 청화라는 아이 혼자서 먹겠다고?

하지만 장무희는 생각을 바꿔야 했다.

청화는 눈 깜짝할 사이에 모든 접시를 비웠다.

그러고는 작게 트림을 하더니 입맛을 다셨다.

그 이후에도 음식은 끊임없이 나왔다. 탁자 위에 음식이

두 번 바뀐 이후에야 장무희와 장이연의 음식이 나왔다.

장무희와 장이연의 음식은 고작 소면 한 그릇이었다.

장무희는 조용히 설화와 청화를 바라봤다.

그 많은 음식을 먹고도 둘은 만족 못 한 듯 눈을 빛내고 있었다.

그 모습에 장무희는 그들이 진짜 거지라고 확신했다.

장무희가 청화가 먹는 모습에 넋을 잃고 있을 때였다.

장이연이 뒷간에 가겠다고 하며 자리에서 일어났다.

재빨리 일 층으로 내려온 장이연은 바삐 움직였다.

손님을 놔두고 자리를 오래 비우는 것이 실례라고 생각했기 때문이다.

볼일을 보고 이 층으로 올라가려던 장이연은 걸음을 멈추었다.

어디선가 귀에 거슬리는 목소리가 들려왔기 때문이다.

고개를 돌린 장이연이 눈을 크게 떴다.

그가 바라본 곳에는 건장한 사내 넷이 술잔을 기울이고 있었다.

그 넷은 다름 아닌 복건 지역에서 가장 유명한 문파인 만검문의 제자들이었다.

장이연은 자신도 모르게 입술을 잘근잘근 씹었다.

사실 만검문과 장씨세가는 본래 하나였다.

만검문과 장씨세가가 갈라진 것은 이십여 년 전 일이었다.

장이연의 아비, 즉 장씨세가의 가주에게 반기를 든 숙부가 나가서 차린 것이 만검문이었다.

장이연의 표정이 안 좋은 것은 아비를 배신한 숙부의 행동 때문만은 아니었다.

서로 갈 길을 가고 협심해야 할 때 힘을 모았다면 좋았을 테지만, 그들은 공생 관계가 아닌 경쟁 관계였다.

만검문은 장씨세가의 이권을 하나하나 흡수하며 성장했다.

거기에 한술 더 떠 어디서 났는지 모를 돈으로 세가의 고수들을 하나둘씩 빼돌리더니, 점점 세력을 넓혀 갔다.

나중에 알고 보니 그 돈은 가문에서 빼낸 비자금이었다.

장이연은 그들과 개인적인 원한도 있었다.

반년 전 있었던 만검문과의 비무 때문이었다.

그때도 승기를 다잡았었는데, 발작이 일어나는 바람에 놓쳤었다.

가문의 누군가가 장이연의 약점을 그들에게 전달했기 때문에 일어난 일이었다.

지금 큰 소리로 떠드는 넷 중 하나가 그 비무의 상대인 장무광이었다.

목소리가 얼마나 큰지, 주변 사람들이 모두 만검문의 장무광 일행을 바라보고 있었다.

하지만 그들은 누구도 주변 시선을 의식하지 않았다.

"내가 한주먹에 그놈을 꺾었다니까."
장무광이 동료를 향해 주먹을 불끈 쥐자, 동료들이 맞장구쳤다.
"허허, 복건제일권을 그리 쉽게 꺾었다는 게 사실인가?"
"당연하지. 그 한 수에 복건 상권의 삼분지 일이 걸려 있을 줄 어찌 알았겠나?"
그들의 대화에 장이연이 반응했다.
바로 자신을 가출하게 만든 치욕적인 사건이 그들의 입을 통해 나왔기 때문이었다.
표정을 숨기려고 노력했지만, 장이연의 어깨는 눈에 보이게 떨리고 있었다.
장이연은 자신도 모르게 주먹을 불끈 쥐었다.
하지만 곧바로 주먹을 풀었다.
여기에서 사고를 치게 되면 하북팽가의 막내 공자를 만나는 일도 물거품이 될 수도 있었다.
더 중요한 것은 상대가 장이연의 약점을 정확히 알고 있다는 점이었다.
그때였다.
크게 소리치던 장무광이 고개를 돌렸다.
"어이, 친구."
그가 친구라 부른 이는 장이연이었다.
순간 장이연의 눈썹이 꿈틀했다.

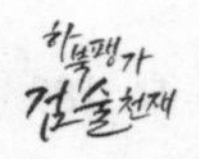

지금 상대의 표정을 보니 자신이 있다는 것을 알고 일부러 떠벌린 것이 분명했기 때문이다.

장이연은 자신도 모르게 주먹을 다시 꽉 쥐었다.

그때 장무광이 자리에서 일어났다.

"허허, 진정하고 이리 와서 앉지."

말과는 다르게 장무광은 왼손으로 검집을 쥐었다.

언제라도 검을 뽑겠다는 신호였다.

갑작스러운 상황에 손님 중 몇몇은 재빨리 밖으로 도망쳤다.

같은 시각, 객잔의 이 층.

장이연이 잠시 자리를 비운 사이, 한빈의 음식도 나왔다.

한빈의 음식은 만두 한 접시가 고작이었다.

가장 많이 먹을 듯한 사람인 한빈의 접시를 본 장무희가 고개를 갸웃했다.

그때 한빈이 젓가락을 들었다. 다만 음식은 건드리지 않고 탁자를 툭툭 쳤다.

탁자뿐이 아니라 창틀과 바닥까지 박자를 맞춰 가면서 쳤다.

탁. 탁.

마치 악공이 악기를 연주하듯 정확한 박자를 이어 가던 한빈이 동작을 멈췄다.

그 모습에 장무희가 낮은 목소리로 물었다.

“공자, 대체 뭐 하시는 거예요?”

“살펴보고 있지 않습니까?”

“대체 뭘 살펴보시기에 그러시는 거예요?”

“장 소저, 이곳이 좀 이상하지 않습니까?”

“뭐가 이상하다는 거죠?”

“바닥도 그렇고 벽도 그렇고……. 탁자까지 다른 객잔보다 두꺼운 게 말입니다.”

“그게 왜 이상하다는 거죠?”

장무희가 미간을 좁히며 탁자를 만져 봤다.

하지만 이상한 점은 조금도 밝혀내지 못했다. 한빈의 말대로 이곳의 집기와 벽은 두툼하긴 했다.

두툼하다는 이야기는 튼튼하게 지었다는 말이었다.

그때 한빈이 다시 말을 이었다.

“이곳은 하북으로 이어지는 요충지입니다. 그래서 상권도 발달한 편이고요.”

“네, 그런데요?”

“정파와 사파 할 것 없이 강호인들이 많이 들르는 곳이기도 합니다. 강호인들의 출입이 빈번하다는 것은 그만큼 사고도 자주 일어난다는 말도 되죠.”

"음."
장무희가 이해가 되지 않는다는 듯 고개를 갸웃하자, 한빈이 말을 이었다.
"그렇기에 강호 분쟁 때문에 문을 닫는 객잔도 부지기수입니다. 이렇게 튼튼하게 만들 필요는 없죠."
"분쟁이 빈번한 곳이니 튼튼하게 만든 것이 아닐까요?"
"백번 양보해서 튼튼하게 만들었다고 해도, 벽과 탁자에 무쇠까지 넣어 둔 것은 조금 지나친 일이지요."
말을 마친 한빈이 젓가락을 세워 탁자에 박았다.
푹.
순간 젓가락이 들어가다가 뭔가에 걸렸다.
텅.
지금의 울림은 분명히 금속이 부딪치는 소리였다.
순간 장무희의 눈이 커졌다.
장무희는 떨리는 눈빛으로 객잔을 둘러보기 시작했다.
상대의 말을 듣고 객잔을 살펴보자, 모든 것이 수상쩍게 보였다.
그때 한빈이 다시 말을 이었다.
"과한 것도 있지만, 없는 것도 있죠."
"그, 그게 뭐죠?"
"흔들림이 없습니다."
"저는 이해가 안 가는군요."

"제 말을 이해하려면 제법 깊은 주의력이 필요합니다."

한빈의 말은 수수께끼와도 같았다.

장무희는 묘하게 오기가 생겨났다. 한빈이 말한 것은 누가 봐도 문제였다.

그 문제를 풀고자 하는 것은 인간의 본능이었다.

장무희는 주변을 자세히 살피기 시작했다.

하지만 흔들림이 없다는 한빈의 말은 이해가 되지 않았다.

지금 탁자 위에 있는 접시만 해도 흔들렸다.

그 옆에 있는 술잔과 술병도 주변의 발걸음에 따라 미세하게 흔들렸다.

한빈이 자신을 놀리는 것 같다는 생각이 들자 장무희는 미간을 좁혔다.

순간 장무희가 고개를 살짝 기울였다.

한빈의 시선이 묘한 곳을 바라보고 있었기 때문이다.

장무희는 본능적으로 한빈의 시선을 따라갔다.

한빈이 바라보는 곳을 확인한 장무희는 입을 벌렸다.

그녀의 시야에 들어온 것은 깔끔한 장식이었다.

위쪽에는 등이, 곳곳에는 고풍스러운 풍경(風磬)이 매달려 있었다.

풍경의 가운데 슬쩍 나와 있는 잉어 두 마리가 유난히 눈에 띄었다.

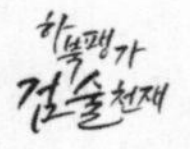

그때 밖에서 바람이 휭 하고 불어왔다.

이전부터 불어오던 바람이었다.

하지만 풍경은 조금도 흔들리지 않았다.

바람에 흔들려 종에 부딪혀야 할 두 마리의 잉어가 미동도 하지 않았다.

마치 시간이 멈춘 듯한 장면을 본 장무희는 이해가 안 된다는 듯 고개를 저었다.

"저건 대체 뭐죠?"

"이제부터 알아봐야죠, 겸사겸사!"

한빈이 주위를 보며 턱짓했다.

장무희는 그런 한빈을 보며 마른침을 삼켰다.

처음에 이곳에 들어왔을 때는 그 어떤 의심도 없었다.

하지만 한빈의 말 한마디에 의심은 점점 쌓여 갔다.

그때 한빈이 다시 말을 이었다.

"의심하려면 음식을 먹기 전에 해야 했죠."

"음식이라고요?"

장무희는 자신의 그릇을 바라봤다.

그릇 안에는 반쯤 먹다 남은 소면이 있었다.

순간 장무희는 재빨리 눈을 감고 자신의 몸 상태를 살폈다.

그것도 잠시, 장무희는 고개를 갸웃했다.

"음식은 괜찮은데요?"

"우리는 괜찮을 겁니다. 다른 사람들은 모르겠지만 말입니다."

"그게 무슨 말이에요?"

"여기에는 금초산이 섞여 있으니까요."

"금초산이라고요?"

"금초산이 감초와 만나면 기운을 흩트리는 효과가 있죠."

사실이었다.

감초는 약방에서도 흔히 쓰는 물건이었다.

하지만 무색무취의 금초산은 달랐다.

변방에서 자라는 금초산은 단독으로 쓰면 기사회생의 묘약이 되지만, 흔한 감초와 만나면 진기를 흐트러뜨리는 산공독이 된다.

순간 장무희의 눈이 커졌다.

"자, 잠시만요. 그럼 우리가 산공독에 당했다는 건가요?"

하지만 한빈은 조용히 고개를 저었다.

당황한 장무희의 모습에 한빈이 말을 이었다.

"아직까지는 괜찮습니다. 어디에도 감초가 들어 있는 음식은 없으니까요."

"그럼……."

장무희가 당황한 표정으로 말끝을 흐리자, 한빈이 고개를 흔들었다.

"금초산이 비싸게 팔리는 이유가 뭔지 아십니까?"

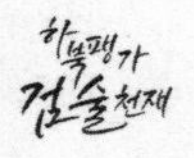

"……."

장무희는 말없이 한빈을 바라봤다.

금초산과 감초가 섞이면 산공독이 된다는 사실은 어렴풋이 알고 있었지만, 사실 장무희는 약초에 대해서는 문외한이었다.

한빈은 아무렇지 않게 음식을 가리켰다.

"금초산이 비싼 이유는 그 효과가 오래가기 때문입니다. 금초산의 효력은 무려 석 달이 넘게 갑니다. 그동안 한 번이라도 감초를 접한다면……."

"그럼 나중에 산공독의 효과가 나타난다는 말씀인가요? 대체 무슨 이유로 그런 짓을 하는 거죠?"

"그야 나도 모르죠. 그걸 지금부터 알아보려고 합니다. 그들이 놓은 진짜 덫은 아마 하북에 깔려 있을지도 모릅니다."

"하북팽가에 덫을 놓았다는 말씀인가요?"

"그건 아닌 것 같습니다. 하북팽가가 아니라 천수장이겠지요."

"천수장이라고요?"

"요즘 천수장으로 각지에서 인재들이 모여들고 있습니다."

말을 마친 한빈은 장무희를 바라봤다.

아무래도 장씨세가는 무당의 영웅 대회에 초대를 받지 못한 것이 분명했다.

당시 무당산에서 수장당할 뻔한 무림의 문파들은 한 가지

약속을 했다.

그들이 아끼는 인재들을 천수장으로 보내 하나의 조직을 만들기로 한 것이다.

그 조직을 책임지기로 한 것이 한빈이었다.

물론 한빈은 그들의 말을 믿지 않았다.

과연 그들이 자신들이 아끼는 인재를 순순히 내줄까?

아무리 생각해도 그것은 불가능한 일이었다.

자신의 문파를 이끌고 나갈 인재 대신, 가장 쓸모없는 인재를 보낼 것이 분명했다.

사람이란 뒷간에 들어갈 때와 나올 때가 다른 법이니 말이다.

들려오는 소문에 의하면 벌써 정파끼리 이권 다툼이 이어지고 있다고 하니, 한마디로 오월동주(吳越同舟)였다.

한빈의 설명에 멍하니 있던 장무희가 낮은 목소리로 물었다.

"대체 무슨 일이 있었기에 각 문파에서 인재들을 보낸다는 말이죠?"

"궁금하십니까?"

"……."

"아마도 직접 가서 확인하시는 게 더 좋을 듯합니다."

"아, 알겠어요. 그런데 일단 여기는 안전하다는 말씀인가요?"

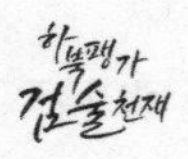

"아직까지는요. 하지만 언제 그들의 마음이 바뀔지 모르니까요."

"마음이 바뀌다니요?"

"아마도 누군가 자신의 계획을 알아챈다면 어떤 방법으로든 입을 막겠지요. 무쇠로 만든 벽도 그것을 위함이라고 생각합니다."

"그럼 어서 나가요. 그러고 보니 오라버니가……."

장무희가 말끝을 흐렸다.

뒷간에 다녀온다고 자리를 비운 오라비가 아직 모습을 드러내고 있지 않았다.

장무희는 재빨리 자리에서 일어났다.

"아무래도 오라버니를 찾아봐야겠어요."

장무희가 자리에서 일어나 전낭에서 은전 두 닢을 꺼내 탁자 위에 올려놨다.

그러고는 재빨리 자신의 오라비를 찾았다.

사실 장무희는 한빈의 말을 반신반의하고 있었다. 하지만 모험을 걸 수는 없는 법이었다.

산공독이라니!

안전하다고는 하지만, 언제 상황이 변할지 몰랐다.

산공독의 재료 중 일부를 복용했다는 것은 이미 덫에 걸렸다는 것을 의미한다.

사냥감을 쫓던 사냥꾼에서 졸지에 목표물이 된 것이다.

타다닥.

장무희는 재빨리 계단을 내려갔다.

일 층으로 내려간 장무희는 걸음을 멈췄다.

장무광과 대치하고 있는 자신의 오라비를 발견했기 때문이다.

"오라버니."

"왜 내려왔느냐?"

상대와 대치하던 장이연이 고개를 갸웃하자, 장무희가 재빨리 말을 이었다.

"여긴 위험해요. 빨리 나가야 해요."

"무슨 일인지는 모르겠지만, 내 이번만은 참을 수 없다. 잠시만 기다려라."

"그게 무슨 말씀이에요?"

"이번에야말로 저놈의 콧대를 꺾어 놓겠다."

말을 마친 장이연은 고개를 돌렸다.

그곳에는 장무광이 비릿한 웃음을 짓고 있었다.

뒤에는 만검문의 다른 제자들이 장무광과 똑같은 웃음을 짓고 있었다.

순간 장무희의 눈빛이 바뀌었다.

가문을 몰래 빠져나와서 진룡을 찾아가는 이유가 바로 만검문 때문이었다.

그것도 잠시, 장무희는 지금의 상황을 깨닫고 오라비의 소매를 잡아당겼다.

"일단 피해야 해요. 자세한 이야기는 나가서 해 드릴게요."

"……알았다."

고개를 끄덕인 장이연이 장무희에 의해 이끌려 나갔다.

그들이 막 객잔의 문을 나서려 할 때였다.

뒤쪽에서 장무광의 비웃음 섞인 목소리가 들려왔다.

"허허. 꽁지가 빠지게 도망치는 것은 여전하군."

순간 장이연이 멈췄다.

발걸음을 멈춘 것은 장이연뿐이 아니었다.

장무희도 걸음을 멈추고 고개를 돌렸다.

그녀는 눈을 가늘게 뜨고 장무광을 바라봤다.

"원수는 외나무다리에서 만난다더니……."

"힘이 비슷할 때나 원수라는 말을 쓰는 거란다."

"지금 우리 가문을 모욕하는 건가요?"

"네가 우리 만검문을 모욕하는 거겠지."

장무광은 계속해서 비릿한 웃음을 지었다.

그때 장무희가 결심한 듯 입을 열었다.

"그 말 취소하세요."

"한 대 치겠구나!"

"말보다는 검이 빠르겠죠."

"흠, 그렇다면 할 수 없지."

장무광이 검집을 앞으로 내밀자, 장무희도 마주 검집을 내밀었다.

그들이 막 검을 뽑으려 할 때였다.

바람 한 줄기가 그들 사이를 스치고 지나갔다.

밖에서 불어온 바람처럼 서늘한 기운이 그들 사이를 갈랐다.

순간 장무광이 한 발 뒤로 물러섰다.

장무희도 마찬가지였다.

한 발 물러선 장무희는 눈을 크게 떴다.

장무광과 자신의 사이에 한빈이 서 있었기 때문이다.

“대협, 아니 공자님. 왜 거기에…….”

“잠시만 기다리시죠.”

한빈은 아무렇지 않게 장무희를 바라봤다.

“이건 저희 가문의 일입니다.”

“제 동행의 일이니 내 일이기도 합니다.”

“아무리 그래도…….”

장무희는 말끝을 흐렸다.

반대쪽에 서 있던 장무광의 옆에 한빈이 서 있었기 때문이었다.

장무광도 갑자기 끼어든 불청객을 눈치챘다.

그는 불청객이 마음에 안 들었는지 바로 검을 뺐다.

스릉.

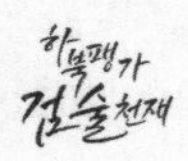

하지만 장무광은 검을 끝까지 빼내지 못했다.

한빈이 장무광의 오른손을 잡았기 때문이다.

갑작스러운 한빈의 등장에 객잔은 술렁이기 시작했다.

그때 한빈이 손을 놓으며 사람 좋은 얼굴로 말을 이었다.

"강호 속담에 흥정은 말리고 싸움은 붙이라는 말이 있잖소."

"……."

장무광이 황당하다는 표정으로 한빈을 바라봤다.

그의 표정은 순식간에 표독스럽게 바뀌었다.

아무리 생각해도 상대가 자신을 놀리려는 듯 보였기 때문이다.

한빈은 그의 표정에도 아랑곳하지 않고 말을 이었다.

"이렇게 의미 없는 싸움은 정파의 본분이 아니오."

"정파의 본분이라고?"

장무광이 어이없다는 표정으로 바라보자, 한빈은 그의 검을 가리켰다.

"정파의 검은 백성을 위해 써야 하거늘. 어찌 의미 없이 검을 휘두르려 하시오."

"네놈이……."

"지금부터 내 말을 잘 들으시오. 대장부의 검에는 반드시 의미가 있어야 하는 것이오. 그런 의미에서 제안을 하나 하겠소."

"지금 제안이라 했느냐?"

장무광의 목소리가 살짝 누그러졌다.

바로 한빈이 말한 제안이라는 단어 때문이었다.

"두 분을 보니 풀지 못한 은원이 있어 보이오만……. 맞소?"

"그래, 맞다. 그 은원이 있다. 하지만 그 일과 네가 무슨 상관이 있느냐?"

"나는 잘못된 것을 보면 지나치지 못하는 성격이오."

"뭐가 잘못되었다는 거지?"

"그 은원이란 게 목숨만 가지고 해결되겠소?"

"무슨 말을 하고 싶은 게냐?"

"무릇 목숨을 건 대장부의 승부에는 보상이 따라야 하는 법!"

"……."

장무광은 고개를 갸웃했다.

처음에는 단번에 상대를 쳐 죽이려고 했지만, 묘하게 다음 말이 궁금했기 때문이다.

그때 한빈이 기다렸다는 듯 말을 이었다.

"그러니 내기를 하자는 말입니다."

"혹시 나와 비무를 하겠다는 말인가?"

장무광이 눈을 가늘게 뜨고 한빈을 바라봤다.

그 모습에 한빈이 고개를 저었다.

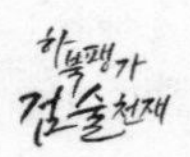

"내가 원한도 없는데 왜 당신과 겨루겠소?"

"그럼 무슨 뜻이지?"

"대신 나는 저 사내에게 판돈을 걸겠소."

한빈은 장이연을 가리켰다.

순간 장무광의 입꼬리가 슬쩍 올라갔다.

"하하, 무엇을 걸겠느냐?"

"혹시 이 정도면 되겠소?"

한빈이 손가락 열 개를 펴자, 장무광이 어이없다는 듯 웃었다.

"하하. 은자 열 닢을 걸겠다는 말이냐? 그런 푼돈으로 날 막다니……."

"금원보 열 개를 말함이오."

한빈의 표정은 그 어느 때보다 진지했다.

그 모습에 장무광이 눈을 빛냈다.

"그럼 금원보 열 개를 받고 열 개를 더 걸지."

"……."

한빈이 아무 말 없이 바라보자, 장무광은 말을 이었다.

"무섭소이까?"

"좋습니다. 판돈은 금원보 스무 개로 하겠습니다."

"흠, 그런데 당신에게 그런 돈이 있소?"

"내 친구가 빌려줄 것이오."

"친구라……."

"나는 저분의 일행이오. 돈은 저분이 보증해 줄 것이오."

한빈은 장무희를 가리켰다.

갑자기 시선을 받은 장무희는 눈을 크게 떴다.

"공자님, 그게 무슨 말인가요?"

"가문의 명예도 지키고 돈도 벌 방법인데 마다하실 겁니까?"

"그게 아니라……."

장무희의 눈빛이 쉬지 않고 흔들렸다.

장무광은 언젠가는 넘어서야 할 상대였다. 하지만 지금은 아니었다.

정확히 말하면 장무광을 뛰어넘을 수 있는 이는 장이연뿐이었다.

문제는 상대가 장이연의 약점을 알고 있다는 것이다.

지난번 비무에도 장이연이 피를 보면 발작하는 것을 이용해서 승부를 냈다.

결정적인 순간 장무광은 스스로 상처를 내서 장이연에게 피를 보였다.

그 피를 본 장이연은 비무를 마치지 못하고 기권했고 말이다.

지금 맞붙는다면 결과는 똑같을 터.

그때였다.

장이연이 한 발 나섰다.

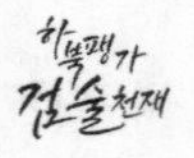

"하겠소!"
"오호, 역시 사내대장부군."
장무광이 흡족한 표정으로 고개를 끄덕였다.
그때 장무희가 한 걸음 앞으로 나아갔다.
오라비를 말리기 위해서였다.
그 모습에 한빈이 그녀의 어깨를 지그시 눌렀다.
"걱정 마시죠. 이렇게 미끼를 던져 놨으니 대어가 나타날 겁니다."
"장무광이 대어란 말씀인가요?"
"어찌 피라미를 대어라 할 수 있겠습니까?"
"혹시 오라버니가……."
"대어는 이 객잔의 주인입니다."
"객잔의 주인이라고요?"
"적당한 소란은 훌륭한 미끼가 되곤 하지요."
한빈이 묘한 웃음을 보이며 손가락을 튕겼다.
순간 다섯 걸음 정도 떨어진 곳에 있던 설화가 방아깨비처럼 날아왔다.
"공자님, 여기요."
"그래, 수고했다."
한빈은 흡족한 표정으로 펼쳐진 종이를 바라봤다.
보따리에서 세필을 하나 꺼낸 한빈은 당연하다는 듯 설화가 펼쳐 놓은 종이에 내용을 적기 시작했다.

물론 단순한 붓놀림이 아니었다.

전광석화의 수법이 가미된 한빈의 붓놀림을 눈으로 좇을 수 있는 자는 그곳에 없었다.

사사 삭.

순식간에 두 부의 문서를 작성한 한빈은 양쪽에 문서를 내밀었다.

후끈 달아오른 분위기 때문일까?

슬쩍 내용을 본 장무광이 문서에 서명했다.

자신의 힘이라면 이런 문서는 언제든 찢어 버릴 수 있다고 생각했기 때문이다.

아무렇지 않게 문서에 서명한 장무광은 장이연을 보며 턱짓했다.

장무광의 눈빛은 누가 봐도 얕잡아 보는 듯했다.

그 모습에 장이연은 입술을 깨물었다.

장이연은 결심한 듯 문서를 보지도 않고 서명했다.

사사삭.

문서에 서명이 끝나자, 분위기는 더욱 달아올랐다.

물론 그들 중 자신이 서명한 문서를 자세히 본 사람은 아무도 없었다.

구경꾼들도 마찬가지였다.

한빈이 내민 문서에 왜 서명을 해야 하는지?

한빈이 왜 이 비무의 주최자가 되어야 하는지 따위는 그들의 머릿속에 없었다.

그들은 그저 잠시 뒤 펼쳐질 둘 사이의 대결에 마른침을 삼키고 있을 뿐이었다.

구경꾼들은 순식간에 탁자와 집기 들을 벽 쪽으로 밀어 넣었다.

드르륵.

그러고는 누가 뭐라 하지 않았는데도 알아서 둘만의 비무 공간을 만들었다.

그 모습에 장무광은 눈을 빛내며 입맛을 다셨다.

마치 독사가 먹잇감을 노리는 듯 상대를 쏘아보면서.

그때였다.

어디선가 염소수염의 사내가 천천히 가운데로 걸어 나왔다.

그는 서책과 상자 하나를 들고 구경꾼들을 바라봤다.

구경꾼들이 고개를 갸웃하자, 그는 조용히 말을 이었다.

"저는 이 비무를 공평하게 진행하기 위해 나온 조위명이라는 사람이올시다."

순간 모두는 숨을 죽였다.

갑작스러운 소개에 그들은 눈치를 보기 시작했다.

그것도 잠시, 누군가 낮은 목소리로 말했다.

"조위명이면 거간꾼이잖아."

"저자가 조위명이라고?"

“허허, 여기에 먹을 게 뭐가 있다고 나온 거지?”

“그러게나 말일세. 여기에는 팔 것도 없을 텐데 무슨 생각으로…….”

모두가 웅성거리고 있을 때였다.

조위명이 다시 말을 이었다.

“자, 비무 하면 빠질 수 없는 것이 있지 않습니까? 복건의 장씨세가와 만검문의 정식 비무가 시작될 예정입니다. 이 승부에 돈을 거실 분들은…….”

말끝을 흐린 그는 상자와 책자를 가리켰다.

말을 맺지 않았지만, 그의 뜻은 구경꾼들에게 정확히 전달되었다.

조위명은 타고난 거간꾼이 맞았다.

분위기를 잡는 게, 일류 고수에 가까웠다.

딱 보기에도 숙련된 장사꾼 같았다.

동시에 조위명의 수하들이 구경꾼들 사이를 누비며 판돈을 정리하기 시작했다.

그런 그들의 모습에 설화가 눈썹을 꿈틀대며 나지막이 말했다.

“우리가 할 일을 도둑맞았어.”

“언니, 진정해요.”

청화가 재빨리 말렸지만, 설화는 분한지 표정을 수습하지 못했다.

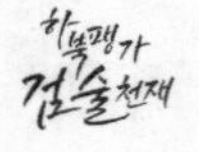

"아니, 이건 우리가 할 일이잖아. 그런데 왜 뜨내기 거간꾼이……."

"언니, 목소리 낮추세요. 그런데 저기를 보니 막상막하네요."

청화가 가리키는 곳에서는 거간꾼 조위명이 족자를 걸어놓고 있었다.

마치 비무가 일어날 것이라도 알았다는 듯, 그들은 준비가 잘되어 있었다.

족자에는 구경꾼들이 내깃돈을 건 현황이 적나라하게 드러나 있었다.

판돈만 놓고 보자면 구경꾼들은 장이연과 장무광의 대결을 막상막하로 예측했다.

그 모습에 한빈이 말을 이었다.

"그들이 피워 내는 기세가 비슷했기 때문이지."

"기세만 보고 돈을 저렇게 건다고요?"

"중요한 건, 사실 구경꾼 중 누구도 복건 지역의 중소 문파에 관심을 두는 이가 없다는 점이다."

"관심이 없는데 돈은 왜 걸어요?"

"그게 습관이란다. 아마 여기 모인 대부분 사람이 무림인 아니면 상인일 거다."

한빈은 고개를 돌려서 주변 사람들을 바라봤다.

설화가 조용히 눈을 가늘게 떴다.

"그게 그들의 습성이라는 말인가요? 공자님."

"그렇지. 그들에게 이 비무는 간만에 벌어진 구경거리인 셈이지. 사실 장씨세가나 만검문이나 둘 다 그들의 관심 밖이야. 그 증거로 판돈이 작잖아."

"그럼 공자님도 관심이 없으신 건가요?"

"글쎄다……. 내가 관심 있는 것은 만검문의 의도지."

한빈이 조용히 만검문의 무사들을 지켜보자, 청화가 다급하게 끼어들었다.

"만검문의 의도라니요?"

"이곳까지 와서 이리 큰판을 벌이는 이유는 무엇일까?"

그때였다.

대화를 듣고 있던 장무희가 다급하게 끼어들었다.

"의도가 대체 뭐라는 말씀이죠?"

"저도 아직은 모릅니다. 이제부터 알아봐야죠."

"아, 그렇군요. 공자님……."

기어들어 가는 목소리로 말한 장무희는 다시 고개를 돌렸다.

오라비를 바라보는 그녀의 눈에는 근심이 가득했다.

그도 그럴 것이, 오라비의 병을 고치기도 전에 장무광을 만나 버렸다.

궁극적으로 장무광은 꺾어야 하는 상대가 맞았지만, 지금 당장은 아니었다.

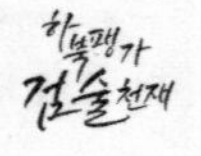

비무를 앞둔 오라비를 바라보는 장무희와는 다르게, 한빈의 눈빛에는 흔들림이 없었다.

한빈은 지금 이곳에 있는 모두를 하나도 빠지지 않고 관찰하고 있었다.

한빈은 이 객잔이 꼬리라고 생각하고 있었다.

자칫 잘못해서 꼬리가 잘려 나가게 된다면, 몸통을 찾는 일이 불가능할지도 모른다.

만약 지금 몸통을 찾지 못한다면?

한빈은 북해로 마음 편히 떠날 수 없을 것이 분명했다.

잠시 상황을 지켜보던 한빈이 입맛을 다셨다.

"저 친구들, 제법이네."

한빈이 바라보고 있는 것은 만검문의 제자들이었다.

설화는 입술을 삐죽대며 한숨을 내쉬었다.

"제가 먼저 저 판을 벌여야 했는데……."

"판을 왜 벌여?"

"공자님이 저들보고 제법이라고 하셨잖아요."

설화가 거간꾼을 가리키자, 한빈이 고개를 저었다.

"내가 말하는 건 만검문의 행동이다."

"만검문의 행동이라니요?"

"비무란 본래 실력이 비슷할 때는 기세 싸움이지."

"그게 무슨 말씀이에요?"

"저들은 분위기를 아주 자연스럽게 자기 쪽으로 가져오고 있어."

"지금 현황을 보면 막상막하잖아요."

"아니. 저길 봐라, 설화야."

한빈은 다시 거간꾼이 걸어 놓은 족자를 가리켰다.

순간 족자 위에 적혀 있는 현황이 변해 갔다.

장무광 쪽의 숫자가 점점 올라가기 시작한 것이다.

걸린 판돈만 놓고 보면 모두가 장무광의 승을 예상하는 것 같았다.

설화는 이해가 안 된다는 듯 고개를 갸웃했다.

"대체 무슨 일이죠?"

"만검문의 제자들이 판돈을 걸기 시작했다."

"왜 판돈을 걸어요?"

설화는 고개를 갸웃하며 점점 늘어나는 판돈을 바라봤다.

그들은 진짜로 장무광 쪽에 남은 돈을 모조리 털어 넣고 있었다.

그들은 만검문이 질 수 있다는 가능성은 아예 생각지도 않은 것 같았다.

순식간에 판돈이 장무광 쪽으로 기울었다.

설화가 이해가 안 된다는 듯 고개를 갸웃했다.

"판돈에서 기세 싸움을 해서 뭐 하자는 거죠?"

"너는 판돈만 기세 싸움이라고 생각하느냐?"

"그럼요?"

"판돈의 기세 싸움은 당연하게도 비무까지 이어지지."
한빈의 말에 장무희가 다시 끼어들었다.
"그러고 보니 전에도 똑같았어요. 모두가 오라버니의 승을 예상하고 있을 때도, 묘하게 판돈은 장무광 쪽으로 기울었었죠. 그럼 저라도……."
장무희가 자신의 전낭을 만졌다.
그 모습에 한빈이 피식 웃었다.
"가족이 나설 필요는 없습니다."
"그럼 어떻게 해야 하죠?"
장무희가 마른침을 삼키자, 한빈이 설화를 바라봤다.
시선을 받은 설화가 물었다.
"왜 그러세요? 공자님."
"아무래도 네가 좀 나서야겠다."
"제가 나서다니요?"
"네가 저곳으로 가서 돈을 좀 걸고 오거라."
"제가 돈이 어디 있다고요?"
"아까 가짜 진룡 일행에게 슬쩍한 거 모두 다 봤다."
"아, 그 돈이요……. 그런데 어떻게 보셨어요?"
"손이 너무 느렸다."
"저는 아직 멀었군요, 공자님."
"그래도 다른 사람의 눈을 속이기에는 충분했다."
"그거 칭찬이죠? 공자님."

"칭찬이라고 해 두마. 그러니 가짜 진룡에게 수금한 것을 하나도 빠짐없이 털어 넣거라."

"네, 공자님!"

설화가 신이 나서 돈을 걸기 위해 뛰어갔다.

그들의 앞에 선 설화는 자연스럽게 가짜 진룡에게 수거한 전낭을 꺼냈다.

설화가 전낭을 꺼내자, 만검문의 무사들이 눈을 크게 떴다.

설화의 품에서 전낭이 쉴 틈 없이 나왔기 때문이다.

다 꺼내 놓고 나니 무려 아홉 개의 전낭이 설화의 손에 들려 있었다.

내기판을 바라보던 구경꾼들은 갑자기 등장한 설화의 모습에 웅성거리기 시작했다.

"어느 부잣집에서 온 거지?"

"그러게 말일세. 가만 보니 귀티가 흐르는군."

그들의 대화에 설화의 입꼬리가 올라갔다.

그것도 잠시, 설화는 조용히 전낭에서 돈을 꺼내기 시작했다.

금화에 은화까지, 전낭에서는 두둑하게 돈이 나왔다.

그때였다.

전낭에서 은으로 된 얇은 패가 하나 나왔다.

그 은패를 본 거간꾼이 물었다.

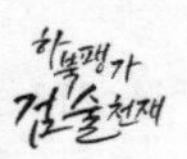

"흠, 이것도 걸 겁니까?"

"물론이지요."

"알겠소이다. 그럼 무게를 달아 계산하도록 하지요."

거간꾼은 잽싸게 은패를 저울에 달았다.

은패를 저울에 올려놓은 거간꾼은 눈을 빛냈다.

한눈에 보기에도 예사 물건이 아니었기 때문이다.

받을 때는 은패를 받았지만, 나중에 정산해 줄 때는 돈으로 해 주면 되는 것이 이곳의 법칙이었다.

거간꾼만 눈을 빛낼 뿐, 다른 이들은 관심도 없었다.

미세하게 음각이 된 은패는 무림세가의 신물처럼 보이기도 했다.

하지만 누구도 그 은패가 나타내는 가문에 대해서는 들어본 적이 없었다.

물론 설화도 마찬가지다.

눈앞의 은패가 그저 진귀한 패물로 보일 뿐이었다.

다른 구경꾼들도 설화가 건 돈 덕분에 입을 딱 벌렸다.

순식간에 내깃돈이 장이연 쪽으로 기울어졌다.

그때였다.

설화와 거간꾼 그리고 구경꾼들과는 달리, 분주히 움직이기 시작한 무리가 있었다.

바로 이곳 객잔의 점소이들이었다.

그들은 귓속말을 주고받으면서 사방으로 흩어졌다.

물론 그들을 지켜보고 있는 이들은 한빈밖에 없었다.
모두는 지금 내기에 정신이 팔린 상태였다.
구경꾼들은 자신이 건 돈과, 비무를 앞둔 무사에 온 신경을 썼다.
그들의 시선을 받은 장이연은 비무를 앞두고 마음을 가다듬고 있었다.
장무광도 검집을 만지작거리며 입맛을 다시고 있었다.
다만 가끔씩 족자 쪽으로 고개를 돌려 인상을 썼다.
점점 커지는 판돈이 기분 나빴기 때문이다.
장무광의 표정과는 달리, 객잔의 일 층은 열기로 가득 차올랐다.
모두가 표정을 숨기지 않고 있을 때, 판돈을 다 걸고 온 설화가 한빈의 앞에 섰다.
"공자님, 하나도 남기지 않고 다 걸고 왔어요. 그런데 생각보다 돈이 많네요."
"생각보다 더 적은 것일 수도 있지."
"흠, 저 돈이면 당과가……."
설화가 아깝다는 듯 입맛을 다시자, 한빈이 말을 이었다.
"꼭 돈을 잃을 것처럼 말하는구나."
"아까 상태를 보니, 이길 것 같지는 않아서요."
설화가 한빈에게만 들리게 작게 속삭였다.
사실 설화는 내기에 건 돈이 아까웠다. 아니, 정확히 말하

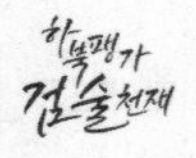

면 내기에 건 돈보다는 승부에서 지는 게 싫었다.

누가 봐도 이번 비무는 승패가 훤히 보였다.

상대는 장이연의 약점을 알고 있다.

그렇다면 마지막 순간에 일부러 피를 보일 수도 있는 법.

아니 처음부터 피를 보이며 장이연의 약점을 노릴 수도 있었다.

설화는 조용히 한빈을 바라봤다.

아무리 생각해도 한빈이 손해 보는 행동을 한다는 게 이해가 되지 않아서였다.

하늘 같은 한빈이 하는 일이었기에 설화는 그 이유를 물어볼 수가 없었다.

하지만 물이 가득 차면 넘치는 것은 자연의 이치.

설화의 감정 또한 넘치고 있었다.

당연하게도 설화의 의문은 얼굴에 그대로 드러났다.

그 모습을 본 한빈이 고개를 저었다.

"나는 이번에 장 공자가 이기리라고 본다."

한빈이 장이연의 승리를 점치자, 설화가 고개를 갸웃했다.

하지만 급하게 묻지는 않았다.

설화는 지금 한빈이 한 말이 장이연과 장무희에게 용기를 주기 위함이라고 생각했다.

잠시 생각에 잠겼던 설화가 활짝 웃으며 말을 이었다.

“저도 그렇게 생각해요.”

“설화도 보는 눈이 늘었구나. 다만, 지금 상태로는 불가능하다.”

“지금 상태로는 불가능하다니요? 그게 무슨 말씀이에요, 공자님?”

옆에 있던 장무희조차 이해가 안 된다는 듯 입을 벌렸다.

그들의 모습에 한빈이 말을 이었다.

“아마도 장 공자는 이번 비무를 통해 약점을 극복할 것이 분명하다.”

“약점을 극복한다고요?”

설화의 고개가 살짝 기울었다.

한빈의 말이 절대적이라고는 하나, 이번만큼은 이해가 되지 않았다.

장이연이 앓고 있는 증세는 육체적인 문제가 아니었다.

의원의 치료로 고칠 수 있는 병이 아니라는 말이었다.

그런데 약점을 극복한다고?

거기에 지금 당장 비무를 앞둔 상황이었다.

이번 비무에서 다치지만 않아도 그게 최선일 텐데, 약점을 극복하고 승리한다니?

한빈의 말은 뜬구름을 잡는 것 같았다.

그때 장무희가 다급하게 대화에 끼어들었다.

“저희 오라버니가 약점을 극복하다니요? 무슨 말씀인지

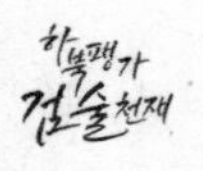

자세히 알고 싶어요, 공자님."

"비무가 시작되면 자연스럽게 알게 될 겁니다. 참, 이걸 장 공자에게 전해 주시겠습니까?"

한빈은 띠 하나를 장무희에게 건넸다.

장무희는 받아 든 띠를 본능적으로 확인했다.

띠에는 글자가 몇 개 적혀 있었다.

글자를 확인한 장무희는 고개를 갸웃했다.

두려우면 닫고 준비가 되면 열라는 간단한 문구였다.

아무리 생각해도 이해가 되지 않는 문구였다.

장무희는 그 띠를 몇 번이고 확인하면서 장이연에게 걸어갔다.

잠시 고개를 갸웃한 장무희는 오라비에게 띠를 건넸다.

"은공이 준 물건이에요."

"고맙다."

장이연은 띠를 받아 들며 자리에서 일어났다.

그때 장무희가 작은 목소리로 속삭였다.

"띠 안쪽에 은공이 적어 넣은 문구가 있어요."

"그래, 알았다."

띠의 안쪽을 본 장이연이 눈을 가늘게 떴다.

띠 안쪽의 문구를 본 장이연은 잠시 석상이 되었다.

그 모습에 장무희가 물었다.

"왜 그러세요? 오라버니."

"아니다."

고개를 저었지만, 사실 장이연의 심장은 고동치고 있었다. 글귀에서 잡힐 듯 말 듯 했던 단서를 잡은 느낌이 들었기 때문이었다.

그때였다.

객잔으로 다른 구경꾼들이 몰려들기 시작했다.

갑자기 소란스러워진 객잔의 분위기에도 비무를 앞둔 장이연과 장무광은 서로만을 바라봤다.

그중에는 무인으로 보이는 자도 제법 있었다.

그 증거로 몇몇은 허리에 검을 차고 있었다.

무인들 외에 상인으로 보이는 자들도 들어왔다.

뒤늦게 들어온 이들은 허겁지겁 돈을 걸기 시작했다.

그 소란에도 장이연은 띠에서 눈을 떼지 않았다.

모두가 돈을 다 걸고 난 후, 거간꾼 조위명이 움직이기 시작했다.

거간꾼 조위명은 조용히 주변을 둘러보며 손을 들었다.

"무사님들은 가운데로 자리해 주시기 바랍니다. 그리고 비무를 참관하실 분들은 가능한 한 뒤쪽으로……."

거간꾼의 숙련된 진행이 이어지자, 사람들도 조위명의 말에 귀를 쫑긋 세웠다.

드디어 비무가 시작되려 했다.

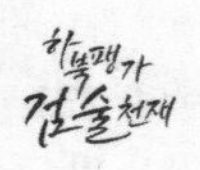

자리로 나오라는 거간꾼의 말에, 장이연이 눈을 반짝였다.
그는 띠를 오른손에 쥐고 천천히 앞으로 걸어 나갔다.
자리에 선 장이연은 조용히 장무광을 바라봤다.
"나는 준비됐네."
"오호, 한쪽 팔을 내놓을 준비가 되었다는 이야기인가?"
장무광이 비릿한 웃음을 보였다.
"팔이라……. 기꺼이 내놓지. 아무짝에도 쓸모없는 팔이라면 여기에서 내놓는 게 맞지 않는가?"
"입은 살았군."
장무광이 어이가 없다는 듯 장이연을 바라봤다.
장이연을 바라보는 장무광의 눈빛에 자비심이란 전혀 보이지 않았다.
그도 그럴 것이, 그는 자신의 아비가 장씨세가에서 어떻게 쫓겨났는지 누구보다 더 잘 알고 있었다.
자실 전대 가주가 정했던 세가의 후계자는 장이연의 아비가 아닌 장무광의 아비였다.
장무광의 아비는 빈털터리로 나와서 만검문을 세운 것이다.
만검문의 문주, 즉 장무광의 아비는 절치부심, 문파를 키웠었다.
물론 모든 이야기는 아비에게서 들었던 내용이었다.
장무광은 검을 움켜쥐었다.

검을 움켜쥔 그의 손등에 힘줄이 솟아났다.

사촌지간인 장이연은 사파나 마교보다도 더 미웠다.

본가인 장씨세가를 뛰어넘은 것이 불과 몇 달 전이였다.

비록 그 수법이 비겁하다고는 하지만, 장무광은 개의치 않았다.

사냥감을 잡는 데 수단을 가리면 굶어 죽을 수밖에 없는 것이 강호라는 세계.

그때, 장이연이 눈을 가늘게 떴다.

장무광은 장이연을 보고 고개를 갸웃했다.

장이연의 눈빛이 조금 이상했기 때문이다.

눈빛에서 마치 광채가 흘러내리는 것만 같았다.

장무광은 자신도 모르게 시선을 피했다.

"흠."

말투나 표정 모두 자신이 알던 장이연이 아니었다.

장무광은 고개를 저었다.

이런 고민 하나가 승부에서 틈을 만드는 법이었다.

그때 장이연이 조용히 말을 이었다.

"지지 않을 준비가 되었다는 걸세."

"지지 않겠다고? 자네와 내 비무가 몇 년이 지난 것도 아닌데……. 그사이에 실력이 늘었다는 것인가?"

"약점이 없어졌다는 게 맞겠지."

"흠, 복건제일의 의원도 못 고치는 병을 어찌 고쳤다는 말인가?"

"겨뤄 보면 알 것일세."

장이연의 눈빛은 그 어느 때보다 고요했다.

모두가 마른침을 삼키고 있을 때였다.

장이연은 갑자기 띠로 자신로 자신의 눈을 가렸다.

한빈이 준 띠로 안대를 만든 것이다.

장이연은 슬쩍 입꼬리를 올렸다.

이는 누가 봐도 미친 행동이었다.

그 모습을 보고 있던 한빈도 입꼬리를 쓱 올렸다.

한빈이 준 깨달음은 간단했다.

피가 무서우면 안 보면 그만인 것이다.

눈을 감고 있는데 어찌 피가 무섭겠는가?

사실 이런 이치는 누구나 알고 있었다. 하지만 이런 방법을 실천 못 하는 것은 한 가지 이유 때문이었다.

그것은 바로 두려움이었다.

한 번의 판단 착오로 한쪽 팔 한쪽 눈이 상하는 것이 바로 진검승부였다.

장이연은 검법을 알고 있다고 해도, 피에 대한 두려움 때문에 검이 아닌 주먹을 쓰는 무사였다.

그래서 이전까지는 눈을 가린다는 것을 상상도 할 수 없었다.

장이연은 눈썹을 꿈틀대며 손을 뻗었다.

"내게 검을 던져 주렴."

장무희에게 한 말이었다. 하지만 한빈이 더 빨랐다.

한빈은 자루에서 뭔가를 꺼내더니 장이연에게 던져 줬다.

획!

한빈이 던진 물건이 포물선을 그리며 날아갔다.

순간 옆에 있던 설화가 입을 딱 벌렸다.

한빈이 던진 것은 이번에 찾은 무림 칠대기보 중 만향수라는 물건이었다.

그것은 한빈이 가죽에 철을 덧대 만든 수투(手鬪)였다.

보통 가죽이 아니라 만년화리의 가죽을 이용해서 만든 만향수는, 어떤 검도 뚫을 수 없다고 전해진다.

이런 이유로 만향수는 권사에게 최고의 방어구라고 할 수 있었다.

만향수의 유래는 생각보다 간단했다.

어떤 무공이든 극에 이르면 특유의 향기를 품는다고 한다.

만향수를 쓴다면 자신의 경지보다 몇 단계 위의 효과를 본다고 전해진다.

평범한 초식에서도 향기를 품는다는 것이 바로 만향수의 효과.

여기서 말하는 향기란 기운이었다.

보통의 기운과는 달리, 만향수의 기운은 적이 막을 수 없다는 것이 정설이었다.

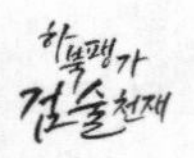

보이는 힘이야 막을 수 있지만, 향기를 어찌 막겠는가?

이것이 만향수를 무림 칠대기보로 만들어 준 전설 속의 글귀였다.

'백발백중.'

한빈이 던진 만향수는 장이연의 손에 정확히 들어갔다.

하지만 설화는 입을 다물지 못했다.

설화가 이렇게 놀라는 이유는 무림 칠대기보가 모두 힘을 잃었기 때문이다.

지금 그 상태라면, 만향수는 썩은 가죽에 고철을 얹어 놓은 장식품에 불과했다.

그런데 그런 고철을 비무를 앞둔 장이연에게 던져 준다고?

설화가 놀라고 있을 때, 물건을 받은 장이연도 당황한 표정으로 물었다.

"이, 이게 무엇이냐?"

장무희에게 물었지만, 한빈이 대신 답했다.

"이건 수투입니다, 장 공자."

"이걸 왜 제게 주시는 겁니까?"

"검보다는 손에 익은 수투가 나을 것 같아서입니다. 그 수투라면 상대의 무딘 검날 정도는 막아 줄 겁니다."

"고맙소이다. 검이면 어떻고 수투면 어떻소이까. 적의 목을 베지 못한다면 장식품에 불과한 것을 말입니다."

말을 마친 장이연은 수투를 양손에 꼈다.

그러고는 다시 한번 끈을 잡아당겼다.

그렇게 장이연은 장무광의 앞에 섰다.

비무를 진행하던 조위명은 양쪽을 바라보며 입술을 달싹였다.

한쪽에서 눈가리개를 한 상태에서 비무를 진행해도 되나 하는 걱정 때문이었다.

하지만 구경꾼들은 기다리지 않았다.

구경꾼들은 하나같이 환호성을 지르며 비무를 재촉했다.

와아!

우우!

그때 장이연이 고개를 끄덕였다.

"저는 괜찮습니다."

"흠, 알겠소이다."

고개를 끄덕인 거간꾼 조위명이 깃발을 들었다.

언제 준비했는지 모를 깃발이었다.

거간군 조위명이 재빨리 깃발을 내리며 외쳤다.

"시작하시오!"

순간 장무광이 일말의 망설임도 없이 파고들었다.

파파박!

들소처럼 장이연의 품속으로 달려든 장무광.

소와 다른 점은 뿔이 하나라는 점이었다. 물론 장무광의 뿔은 바로 그의 검이었다.

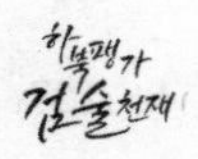

순간 사람들은 눈을 찔끔 감았다.

눈을 가리고 상대와 맞선다는 것은 언제 죽는다고 해도 이상한 일이 아니었다.

세 걸음.

두 걸음.

이제 장무광의 검이 장이연의 가슴까지 파고들기까지는 한 걸음.

누구도 이런 시시한 비무를 원하지 않았다.

어떤 이는 고개를 돌리고 한숨을 내쉬었다.

"아, 내 돈!"

눈앞에 펼쳐질 끔찍한 장면 때문이 아니라, 순식간에 날아갈 돈 때문에 고개를 돌린 것이다.

그때였다.

한 줄기 바람이 주변에 몰아쳤다.

휘리릭!

순간 구경꾼들이 다시 눈을 떴다.

장이연이 원을 그리며 빙글 돌고 있었다.

그것도 잠시, 그들이 믿지 못할 일이 일어났다.

장무광은 성난 들소처럼 다시 달려들었고, 장이연은 다시 원을 그리며 부드럽게 피했다.

두 번이나 헛손질을 한 장무광의 미간에 골이 깊어졌을 때였다.

눈 깜짝할 사이에 장이연의 주먹이 장무광의 뒤통수를 향해 날아들었다.
이상한 것은 장이연의 주먹을 본 자가 아무도 없다는 점이었다.
그때 누군가 외쳤다.
"초정절의 권사다!"
"저건 분명히 권기인데……."
그들이 놀라고 있을 때, 장무광이 재빨리 검을 횡으로 들었다.
쾅!
장이연의 권과 장무광의 검신이 맞닿았다.
주르륵.
장무광이 검을 횡으로 든 채 밀려 났다.
순간 뒤쪽에 있던 구경꾼들이 우르르 자리를 벗어났다.
장무광은 주위를 둘러봤다.
구경꾼들은 모두 장이연을 바라보고 있었다.
눈을 가리고 귀를 쫑긋거리는 장이연의 모습은 맹인 무사와도 같았다.
장이연은 점점 강맹한 기세를 피워 냈다. 이전의 그라면 상상도 할 수 없는 기세였다.
약점이 사라지자, 완벽한 권사로 거듭난 것이다.
그때 장무광이 피식 웃었다.

"나는 네가 그렇게 나올 수도 있으리라 생각했다."

"……."

장이연이 고개를 갸웃했다.

그 모습에 장무광이 어깨를 으쓱하며 검을 한 번 털었다.

그와 동시에 만검문의 제자들이 일제히 검집을 들었다.

정면 승부

만검문의 제자들이 손에 든 검집으로 바닥을 찧기 시작하자 바닥이 흔들렸다.

쿵. 쿵. 쿵.

순간 장이연의 움직임이 달라졌다.

망설임 없이 보법을 밟아 나가던 장이연이 주춤거리며 방향을 잡지 못했다.

장이연이 눈을 가리고 상대의 위치를 파악할 수 있었던 것은 타고난 청력 덕분이었다.

정확히 말하면 장이연은 청력뿐 아니라 오감이 뛰어난 자였다.

그런 이유로 장씨세가 최고의 기재라고 불렸었다.

후각, 청각 등 모든 감각이 뛰어난 그였기에 눈을 가리고도 장무광을 상대할 수 있었던 것이다.

장무광은 그 점을 노린 것이 분명했다.

장무광의 검이 낫으로 풀을 베듯 횡으로 가볍게 날아왔다.

속도도 그리 빠르지 않았지만, 장무광의 검은 그 어느 때보다 묵직해 보였다.

하지만 장이연은 반응하지 않았다. 장무광의 검이 가슴팍에 왔을 때가 되어서야 움찔했다.

팍!

장무광의 검이 장이연의 오른쪽 어깨를 베고 지나갔다.

"윽."

장이연이 작은 신음을 토해 냈다.

하지만 그 소리는 만검문 제자들의 소리에 묻혔다.

쿵. 쿵. 쿵.

만검문 제자들은 아직도 바닥에 검을 찍어 대고 있었다.

묘한 것은, 어떤 이는 강하게 어떤 이는 약하게.

강약과 속도까지 조절하면서, 마치 악기를 다루는 악공처럼 소리를 내고 있다는 점이었다.

물론 그들의 행동을 말리는 자는 아무도 없었다.

구경꾼들은 오히려 소리를 내며 환호할 뿐이었다.

멀리서 그 모습을 본 장무희가 주먹을 불끈 쥐었다.

자신이 나서야 하나를 지금도 고민하고 있었다.

하지만 나설 수 없는 것이, 이 비무에는 제법 많은 이권이 걸려 있었다.

장씨세가의 소가주와 만검문의 후계자가 맺은 계약이라 무를 수도 없는 법이었다.

여기에서도 진다면 장씨세가는 복건에서 사라질 것이 분명했다.

장무희는 만검문의 장무광을 쏘아봤다.

아무리 생각해도 장무광은 치밀한 자였다.

그녀의 오라비인 장이연을 언제든 맞을 준비를 한 것이 분명했다.

오라비인 장이연은 피만 보면 발작을 일으키는 증상을 안고 있지 않은가.

이것을 이용해서 비무에서 승리한 것이 몇 달 전 장무광이었다.

그 정도의 승리라면 자만할 법도 했다.

그런데 눈가리개를 이용해서 약점을 극복할 것까지 예상했다고?

장무광은 상대를 파훼할 모든 방법을 준비했다고 봐야 했다.

우연히 만난 지금의 상황에도 이렇듯 태연히 대처하는 것을 보았을 때, 만검문과 장무광의 적은 장씨세가와 장이연이라고 예측할 수 있다.

쿵. 쿵.

소리와 함께 전세는 완벽하게 뒤바뀌어 버렸다.

대결을 지켜보던 장무희가 본능적으로 손을 뻗었다.

더는 기다릴 수가 없었다.

장무광의 검이 장이연의 무복 곳곳을 걸레짝으로 만들어 놓았다.

피를 보지 않아 발작을 일으키지는 않았지만, 싸움을 말리지 않는다면 출혈로 죽을 수도 있을 정도였다.

픽. 픽.

날카로운 장무광의 검 끝이 장이연의 소맷자락을 갈랐다.

무복만 가른 것이 아니었다. 그 증거로 시뻘건 핏물이 장이연의 팔을 타고 흘러내렸다.

뚝. 뚝.

이제는 객잔의 바닥에 핏물이 고일 정도였다.

장무희가 막 손을 뻗으려 할 때였다.

그녀의 소매를 누군가 잡았다.

황급한 마음에 재빨리 고개를 돌린 장무희.

그녀는 눈을 크게 떴다.

그녀의 소매를 잡은 것은 다름 아닌 한빈이었다.

"공자님, 왜 그러세요?"

"당신은 오라버니를 못 믿습니까?"

한빈이 장무희를 바라보며 표정을 굳혔다. 마치 사부가 제자를 훈계하는 듯한 엄한 얼굴이었다.

장무희는 본능적으로 멍해졌다.

어떤 대답을 해야 할지를 몰라서였다.

멍하니 있는 장무희를 본 한빈이 말을 이었다.

"오라버니에 대한 믿음이 부족하군요. 당신의 오라버니가 무엇을 위해서 싸우고 있다고 생각하십니까? 알량한 자존심을 위해서? 아니면 방금 건 돈을 위해서?"

"……."

장무희는 대답하지 못했다. 다만 정답을 찾아 헤매는 서당의 학생처럼 눈을 이리저리 굴렸다.

그때 한빈이 표정을 살짝 풀며 입을 열었다.

"둘 다 아닙니다. 그저 생존을 위해서입니다."

"생존을 위해서라고요?"

"물러나지 않고 버티면 상처 몇 개로 끝날 수 있지만, 지금 물러난다면 상대는 명줄을 물어뜯으러 덤비겠지요. 그게 강호입니다."

"그래도 지금은 위험……."

"제가 믿는 만큼 당신도 오라버니를 믿어 보시죠."

"대체 제 오라버니를 어떻게 그리 잘 아시는 건가요? 저는 이해가……."

장무희는 말을 맺지 못했다.

한빈의 눈빛 때문이었다. 그의 눈빛은 굳건한 신뢰를 담고 있었다.

장이연이 계속 밀리는 상황에서도 한빈의 표정은 조금도 흔들리지 않았다.

한빈의 표정을 본 장무희는 자신이 부끄러워졌다.

타인이 오라비를 믿는 상황에서, 자신은 도리어 의심하고 있다니!

한빈의 믿음은 단순한 것이 아니었다.

없는 거지 살림에 전 재산을 그녀의 오라비에게 건 것이다.

거지가 그런 돈이 어디서 났을까?

장무희는 설화가 내기에 건 돈이 개방의 비자금일 수도 있다고 생각했다.

거지의 코 묻은 비자금을 몽땅 털어 넣을 만큼 상대는 오라비에게 신뢰를 보내고 있었다.

순간 장무희는 자신도 모르게 고개를 끄덕였다.

"믿을게요, 대협."

"그럼 준비하겠습니다."

"뭘 준비한다는 말씀이시죠? 앗!"

고개를 갸웃하던 장무희가 비명을 질렀다.

그만큼 장이연의 상황이 위태로웠기 때문이었다.

장무광의 공격은 야비하다고도 할 수 있었다.

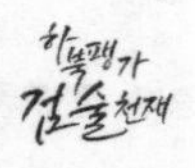

고양이가 생쥐를 구석에 몰아 놓고 장난치는 것처럼 장이연을 툭툭 건드렸다.

잠시 공격을 멈춘 장무광이 비릿한 웃음을 지었다.

"이제 재미없군. 슬슬 끝낼 테니 기다리게."

"……."

장이연은 말할 힘도 없는지 입술을 굳게 다물었다.

굳게 다문 입술 사이로 선혈이 희미하게 흘러내렸다.

그때 장무광의 검 끝이 장이연의 머리로 향했다.

순간 여기저기서 비명이 터져 나왔다.

그도 그럴 것이, 이건 문서로 약속한 비무였다.

생사결이 아닌 비무는 승부가 끝나면 검을 멈추는 것이 일반적.

장무광의 지금 한 수는 숨통을 끊기 위한 마지막 초식으로 보였다.

그러니 당연하게도 구경꾼들이 술렁일 수밖에 없었다.

그들은 이런 비무를 관전하는 데 도가 튼 이들이었다.

"헉, 저걸 어째!"

"저건 비무의 예가 아니지 않은가?"

"말려야 하나……."

모두가 마른침을 삼키고 있을 때, 장무광의 검이 장이연의 머리 옆을 스치고 지나갔다.

구경꾼들이 걱정하던 것과는 달리 위협만 준 것이다.

장무광은 다시 검을 회수하며 희미한 웃음을 지었다.

그것도 잠시, 웃음을 거둔 장무광이 검 끝을 장이연에게 겨눴다.

"패배를 인정하겠나?"

"……."

장이연은 아직도 입을 열지 않았다.

패배를 인정해서인지 아니면 입을 열 힘도 없는 것인지는 알 수 없었다.

모두가 안타까운 눈으로 장이연을 바라보고 있을 때였다.

순간 장이연의 안대가 흘러내렸다.

스르륵.

한빈이 줬던 바로 그 안대였다.

흘러내린 안대를 본 장무광이 입꼬리를 올렸다.

장이연의 눈동자가 갈 곳을 못 찾고 있기 때문이었다.

그 모습을 본 장무광이 자신의 소매를 걷었다.

그러고는 자신의 검으로 팔뚝을 살짝 그었다.

많지는 않지만, 그의 팔뚝에서 피가 흘러내렸다.

주르륵.

장무광의 미소가 더욱 짙어졌다.

그는 이번 승부가 완벽한 자신의 승리라고 생각했다.

장무광이 생각하는 완벽한 승리는 상대의 인정이 아니었다.

그가 생각하는 승리는 바로 상대의 몰락.

상대가 무너져야만 자신이 승리한 것이다.

장무광은 장이연의 눈을 바라보았다.

흔들리는 장이연의 눈빛은 그의 정신이 무너지고 있다는 증거였다.

장무광만 그리 느끼고 있던 것은 아니었다.

검집으로 바닥을 찍던 만검문의 제자들이 행동을 멈추었다.

이제는 귀를 교란할 필요가 없어진 것이다.

바닥이 울릴 정도의 소음이 멈추자, 구경꾼들도 숨을 멈추었다.

장무광은 득의양양한 표정으로 주위를 둘러봤다.

자신의 승부는 중요하지 않았다.

복건제일의 기재라고 불리던 장이연의 몰락을 다른 이들에게 보여 줄 때였기 때문이다.

아니나 다를까.

구경꾼들도 긴장이 풀렸는지 모두가 내깃돈이 걸린 족자를 바라보고 있었다.

어떤 자는 웃음을 참고 있었으며 어떤 자는 한숨을 내쉬고 있었다.

구경꾼들과는 달리, 장무희는 오라비만을 바라봤다.

지금 장이연의 모습은 껍데기에 불과했다.

그 증거로 장이연은 쉼 없이 몸을 떨고 있었다.

그 떨림은 눈에서 어깨로, 그리고 다리로 점점 퍼져 나갔다.

발작이 시작된 것이다.

오라비를 확인해 본 장무희가 털썩 주저앉았다.

그녀는 힐끔 한빈을 바라봤다. 장무희의 눈빛에는 원망이 반 정도 담겨 있었다.

아까 말리려 했을 때 믿는다는 말로 자신을 제지했던 한빈에 대한 원망이었다.

하지만 한빈은 장무희를 쳐다보지도 않고 바로 고개를 돌렸다.

한빈은 어딘가를 바라보며 희미하게 웃었다.

그곳에는 청화가 있었다.

한빈의 웃음은 약속된 신호였다.

청화가 고개를 끄덕이자, 한빈이 입을 열었다.

"청화야, 내가 말한 것 준비됐지?"

"네, 공자님."

청화가 가느다란 통 몇 개를 품속에서 꺼냈다.

가느다란 통은 각기 다른 색의 뚜껑으로 막혀 있었다.

한빈은 그중에서 녹색 뚜껑이 있는 통을 잡았다.

통을 확인한 한빈은 재빨리 뚜껑을 열었다.

그 안에는 녹색의 환약이 담겨 있었다.

녹색의 환약은 누가 봐도 위험해 보였다.

강호에 돌아다니는 극독은 대부분이 녹색이었기 때문이다.

한빈은 아무렇지 않게 녹색의 환약 하나를 골랐다.

그러고는 바로 손가락을 튕겼다.

툭!

순간 녹색 환약이 어디론가 날아갔다.

옆에서 지켜보던 장무희가 고개를 돌렸다. 그녀의 시선은 녹색 환약의 궤적을 따라갔다.

고개를 돌리던 장무희가 입을 벌렸다.

묘한 궤적을 그리며 날아간 녹색 환약이 장이연의 입속으로 들어갔기 때문이다.

"오라버니!"

당황한 장무희가 재빨리 뛰어갔다.

하지만 그녀는 조금도 앞으로 나아가지 못했다.

이번에도 한빈이 소매를 잡아끌었기 때문이다.

한빈을 본 장무희가 이를 악물며 외쳤다.

"무슨 짓입니까!"

"위험합니다."

"제 오라버니가 위험하다고 하시면서 왜 저 위험한 독약을……."

"저건 독약이 아닙니다."

"독약이 아니라고요?"

"아까 금초산에 대해서 말했었죠?"

한빈의 목소리는 그 어느 때보다 작았다. 마치 장무희만 들을 수 있도록 목소리를 낮춘 것만 같았다.

장무희도 덩달아 목소리를 낮추었다.

"감초와 섞이면 산공독이 된다고 하지 않았나요?"

"그렇긴 한데, 금초산은 투전화의 가루와 섞이면 전혀 다른 효능을 보이지요."

"투전화라면……."

장무희가 고개를 갸웃했다.

어디선가 들어 본 것 같지만, 바로 기억이 나지 않는 이름이었다.

그 모습에 한빈이 재빨리 말을 이었다.

"주로 소화가 안 될 때 쓰는 약초지요. 하지만 중원에서는 희귀해서, 한약방에서는 좀처럼 볼 수 없는 꽃입니다. 초록빛을 띠는 잎사귀 덕분에 풀인지 꽃인지도 구별 안 가는 약초랍니다."

"둘이 섞이면요?"

"환각을 보게 됩니다."

한빈이 아무렇지 않게 답하자, 장무희가 놀라 물었다.

"환각이라고요?"

눈을 크게 뜬 장무희가 고개를 돌렸다.

그곳에는 그녀의 오라비인 장이연이 서 있었다.

장무희는 가슴을 쓸어내렸다. 예상과는 달리 발작이 시작되지 않았기 때문이다.

아무렇지 않게 당당하게 서 있는 장이연을 본 만검문의 제자들이 다시 검집을 잡았다.

그중 자신의 팔뚝을 피로 물들인 장무광이 가장 놀라는 눈치였다.

장무광은 검을 틀어쥔 채 눈치를 봤다.

"어떻게 된 거지?"

"……."

하지만 장이연은 말이 없었다.

장무광은 고개를 갸웃하며 슬쩍 한 발 물러났다.

바로 낯선 광경 때문이었다.

무림인에게 낯설다는 것은 여러 가지를 의미한다. 평상시와 다르다는 것은 함정일 가능성이 컸다.

또는 장이연이 그사이 귀인을 만나 치료를 받았을 수도 있었다.

어찌 되었든 지금은 장이연의 간격 안으로 섣불리 파고들 때가 아니었다.

장무광은 다시 반보 물러났다.

무표정했던 장이연의 얼굴이 조금씩 달라지고 있었다.

입꼬리를 올린 채 실룩대고 있는 모습은 복건에서는 한 번도 못 본 장이연의 모습이었다.

순간 장무광의 머릿속이 멍해졌다. 한 가지 가능성이 떠올랐기 때문이다.

장무광은 눈앞에 있는 자가 장이연이 아니라는 생각이 들었다.

같은 자라면 저리 분위기까지 다를 수가 없었다.

무공을 익힌 자라면 특유의 분위기를 지울 수 없는 법.

그런데 상대는 이제까지 장무광이 알던 장이연이 아니었다.

장무광은 멈칫거리며 장이연의 변화를 관찰하기만 했다.

덕분에 비무가 이루어지는 객잔 안에서는 어색한 침묵이 맴돌았다.

구경꾼들은 그들 나름대로 눈치를 봤다.

지금 기세를 높이던 장무광이 왜 멈칫하는지 알 수 없어서였다.

그도 그럴 것이, 구경꾼들은 장이연과 장무광의 관계를 모르고 있었다.

거기에 더해 장이연의 약점에 대해서 아는 이는 아무도 없었다.

그들의 눈에는 지금까지의 대결이 이상하게 보일 뿐이었다.

처음에는 눈을 가린 장이연을 천하제일의 고수로 생각했

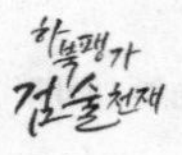

지만, 승부가 나지를 않았다.

사람들의 환호성에도 묘하게 결판이 나지 않았던 것.

거기에 더해 장무광이란 자는 자해까지 서슴지 않았다.

구경꾼들이 보기에 이들은 정상적인 무인들이 아니었다.

구경꾼들과는 달리 장무희는 복잡한 눈으로 오라비를 바라봤다.

아무리 생각해도 지금의 현실이 믿기지 않았다.

장무희는 재빨리 고개를 돌려 한빈을 바라봤다.

"오라버니는 괜찮은 거죠?"

"아마도 그럴 겁니다."

말을 마친 한빈은 조용히 장이연을 바라봤다.

금초산과 투전화를 섞으면 강력한 환각제가 된다.

전생에는 이 환각제를 환무단이라는 이름으로 불렀다.

두 가지 약이 혼합하면 환각 작용을 일으킨다는 사실은 미래의 일이다. 정확히는 정마대전 도중 발견된 약효였다.

한빈은 귀검대에서 이 환무단을 제대로 써먹었었다.

고통 없이 세상을 아름답게 볼 수 있는 약, 이렇게 말하면 환무단을 마약이라고 생각하는 자도 있다.

하지만 환무단은 마약과는 거리가 멀었다.

중독 증상도 없고 일정 시간 환각에 빠지게 할 뿐이었다.

세상을 아름답게 볼 수 있는 약이 왜 무인에게 도움이 될까?

그 이유는 바로 장이연에게 찾을 수 있었다.

피를 보면 발작을 일으켜야 할 장이연이 도리어 웃고 있었다.

그때 장무희가 심각한 표정으로 물었다.

"대체 어떤 환각을 보고 있기에 저런 표정이죠? 그리고 대결 중 환각을 본다는 것 자체가 위험한 게 아닌가요?"

"어떤 환각인지는 비밀입니다. 그리고 환각으로 인해 위험해질 일은 없습니다."

말을 마친 한빈이 환하게 웃었다.

사실 약효의 효능은 비밀이 아니었다. 그냥 말해 줄 수 없었다.

사람마다 환각 효과가 다르기 때문이었다.

한빈의 장담에 장무희는 꽉 쥐었던 주먹을 풀었다.

장이연은 지금 눈앞에 펼쳐진 광경을 믿지 못했다.

조금 전까지 눈앞에 있던 장무광은 사라지고 없었다.

거기에 더해 구경꾼도 사라진 상황.

장이연의 주변을 대나무가 둘러싸고 있었다.

장이연의 앞에는 밥상이 있었고, 그 위에 고기 꼬치 하나가 놓여 있었다.

장이연은 자신도 모르게 침을 삼켰다.

지금 상황이 환각인지 아니면 실제인지는 중요하지 않았다.

지금 코를 찌르는 듯한 음식 냄새는 실제에 가까웠다.
장이연은 본능적으로 상 위의 음식에 손을 가져갔다.
하지만 이상한 일이 일어났다.
발이 달린 것처럼 음식이 달아났기 때문이다.
음식이 저절로 움직이다니, 이것은 분명히 환상이 맞았다.
그 음식이란 어머니가 어릴 적 해 주던 멧돼지구이였다.
핏물을 빼고 갖은양념을 발라 어머니가 구워 줬던 멧돼지구이를 장이연은 잊지 못했다.
장이연은 지금의 환상에서 깨고 싶지 않았다.
그의 어미는 그가 어릴 적 세상을 떠났기 때문이다.
하지만 그때 맛봤던 고기는 아직도 기억에 또렷하게 남아 있었다.
장이연은 재빨리 손을 뻗었다.
휙!
멧돼지 꼬치는 다시 달아나며 그의 손에서 벗어났다.
휙!
한 번 더 손을 뻗었지만, 멧돼지 꼬치는 날개라도 달린 듯 움직였다.
도리어 꼬치가 검처럼 움직이며 장이연을 공격하기 시작했다.
하지만 장이연은 피하지 않았다.

검이 아닌 고기 꼬치를 피할 무인이 어디 있겠는가?

장이연은 날아오는 꼬치를 손으로 잡았다.

팍!

꼬치의 끝이 장이연의 손바닥 중심을 찍었다.

그와 동시에 꼬치가 튕겨 나갔다.

탕!

환상 속이라는 것을 알지만, 저 꼬치만은 기필코 먹겠다고 결심했다.

장이연은 계속해서 입맛을 다셨다.

잠시 고민하던 장이연은 자신도 모르게 자신의 절기인 장가일수(張家一手)를 펼쳤다.

장가일수는 장씨세가를 복건제일의 문파로 올려놨던 금나수였다.

금나수란 간단히 말해서 잡기 기술. 그런데 어떻게 잡기 기술 하나만으로 복건제일의 명성을 이어 갈 수 있을까?

장씨세가의 장가일수의 특징은 한번 쥐면 놓치는 법이 없다는 점이다.

장시세가의 직계들은 이 한 수를 위해서 어릴 적부터 손에 호두를 쥐고 생활한다.

그 호두를 부술 수 있을 때쯤이면 도토리로 바꾼다.

호두보다 껍질이 약하지만, 손톱만 한 도토리를 손아귀에 넣고 부순다는 것은 보통의 요령만으로는 힘든 일이었다.

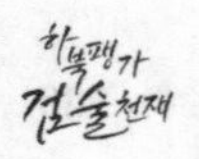

내력이 없다면 커다란 손아귀로 도토리를 부수는 것은 불가능한 일.

그 요령을 다 터득하고 나면 잡는 것이 바로 쌀 한 톨이다.

한 톨의 쌀을 손아귀에 넣고 부술 수 있어야지만 장가일수를 터득했다고 봤다.

장씨세가의 시조는 좁쌀마저 가루로 만들었다고 전해진다. 천하제일의 금나수를 완성했다고 해도 되었다.

장가일수는 금나수뿐 아니라 검을 쥐는 방법에도 영향을 미쳤다.

장가일수를 익힌 장씨세가의 직계들은 어떤 상황이 와도 검을 놓치지 않았다.

지금 장이연이 펼친 금나수는 단순한 무공이 아닌 가문의 자존심이었다.

난을 그리듯 휘어져 들어간 장이연의 금나수가 먹음직스러운 고기를 낚아챘다.

팍!

그러나 이는 장이연의 착각이었다.

고기는 허물을 벗듯 장이연의 손아귀를 벗어났다.

장이연의 손에는 육즙만 남았다.

순간 장이연은 손에 묻은 육즙을 맛봤다.

역시나 어릴 적 어머니가 해 준 멧돼지구이 맛이었다.

그때부터였다.

묘한 악기 소리가 들려오기 시작했다.

마치 자신을 응원하는 듯한 선율이었다.

물론 그 소리는 악기 소리가 아니라 구경꾼들의 비명이었다.

"지금 피를 맛본 게 맞지?"

"그러게나 말이여. 저들의 출신이 정파라고 하지 않았나?"

"아까 듣기로는 복건의 장씨세가라고 하던데……."

"그곳이 사파였나?"

"사파도 저러지는 않지."

"거참……."

"앗, 저러다가는 잡히겠네."

구경꾼들은 안타까운 눈빛으로 장무광을 바라봤다.

장무광은 순식간에 구경꾼들의 동정을 받는 처지가 되어 버렸다.

장무광은 지금 상황을 이해할 수 없었다.

피만 보면 발작을 일으키던 장이연이 저리 변할 줄 몰랐기 때문이었다.

지금의 모습을 보면 마인이라고 해도 믿을 정도였다.

아니 마인이라고 하기보다 한 마리의 늑대에 가까웠다.

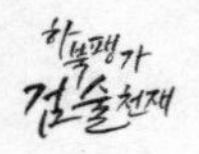

장무광은 뜯겨 나간 자신의 어깨를 바라봤다.

상처는 깊지 않지만, 계속 피가 흐르고 있었다.

그때였다.

장이연의 손이 늑대 이빨처럼 파고들어 왔다.

장무광은 재빨리 검을 휘둘러 장이연의 손을 막아 냈다.

탕. 탕.

연거푸 울리는 쇳소리는 마치 숙련된 악공의 연주와도 같았다.

팍!

장무광은 다시 낭패를 보았다.

팔뚝에 다시 상처를 입은 것이다.

장무광은 재빨리 자신의 팔을 점혈했다.

순간 흘러나오던 피가 멈추었다.

점혈로 피를 막긴 했지만, 치료라고 할 수는 없었다.

차 한 잔 마실 시간이면 막아 놓았던 혈관에서 핏물이 터져 나올 것이 분명했다.

장무광은 뒤쪽을 바라봤다.

뒤쪽에는 수하들이 주춤거리고 있었다.

이 싸움에 개입을 해야 하나를 두고 망설이는 것이 분명했다.

만약 그들이 끼어든다면 이 싸움은 자신이 패한 것이 된다.

하지만 이대로라면 자신의 목숨이 위험할 수도 있었다.

그때 다시 장이연의 손이 늑대 이빨처럼 날아왔다.

과연 이게 어떻게 된 일일까?

사실 장이연이 피를 보면 발작한다는 사실을 몇 해 전까지는 알지 못했다.

장씨세가에서 그 비밀을 꼭꼭 숨겼기 때문이었다.

장이연의 약점을 알게 된 것은 다름 아닌 외부에서 보내온 쪽지 때문이었다.

쪽지를 근거로 장이연을 조사하고 장씨세가를 도발했다.

덕분에 만검문은 장씨세가의 이권 상당수를 손에 넣을 수 있었다.

사실 장무광이 이곳에 온 이유 중의 하나가 바로 그 비밀 정보를 준 인물을 만나기 위해서였다.

순간 장무광의 기억 속에 한 가지 중요한 사실이 떠올랐다.

그 인물이 밀서에 말하길, 위험한 일이 있으면 도움을 청하라고 했다.

장무광은 자신에게 위험한 일이 벌어지리라고는 생각도 못 했기에 그 말을 까마득하게 잊고 있었다.

어찌 보면 지금이 바로 절체절명의 위기.

여기서 도망친다면 목숨을 구할 수 있지만, 가문의 명예와 돈을 잃게 된다.

거기에 더해 별도로 거간꾼을 통해 건 내깃돈도 만만치 않았다.

문제는 지금 장이연에게 진다면 복건 최고의 겁쟁이는 자신이 된다는 것이었다.

장무광은 밑져야 본전이라는 생각으로 품속을 뒤졌다.

그곳에서 나온 것은 조그마한 뿔피리였다.

장무광은 그 뿔피리를 불었다.

삐익!

그 소리에 구경꾼들은 고개를 갸웃했다.

비무 도중 뿔피리를 부는 장무광의 행동이 이상했기 때문이었다.

구경꾼 중 하나가 고개를 갸웃했다.

"대체 저건 뭐지?"

"혹시 말로만 듣던 음공이 아닌가?"

그의 말이 도화선이 되어 음공이란 단어가 객잔을 가득 채웠다.

음공은 강호에 많이 거론되지만, 실제로 쓰는 무인은 드물었다.

그때였다.

객잔의 정문에서부터 묘한 소리가 들려왔다.

피잉! 띵!

그 소리는 뿔피리에 응답하는 것 같았다.

두 소리는 묘하게 공명하며 파장을 만들어 냈다.

모두가 고개를 갸웃하고 있을 때였다.

삑익! 띠딩!

소리가 점점 빨라지더니 백색의 신형이 객잔으로 들어왔다.

객잔으로 들어온 이는 총 다섯이었다.

그들은 모두 백색 경장 차림이었으며, 사내나 여인 가릴 것 없이 모두 면사를 쓰고 있었다.

그중 가운데 있는 사내의 손에는 조그만 해금 하나가 들려 있었다.

그는 해금을 든 채 천천히 앞으로 나왔다.

천천히 가던 백색 무복의 사내는 장무광의 세 걸음 앞에서 멈추었다.

그가 도착했지만, 장무광과 장이연의 싸움은 계속되었다.

장무광은 피하기 급급했고 장이연은 먹이를 쫓는 늑대처럼 움직였다.

백색 무복의 사내는 장무광을 보며 물었다.

"나를 불렀소?"

면사 뒤에서 백색 무복 사내의 목소리가 흘러나왔다.

순간 구경꾼들의 시선이 사내에게 모였다.

면사 뒤에서 흘러나오는 목소리에 감정이란 조금도 없어 보였다.

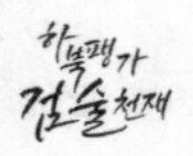

목소리만으로 사물을 벨 수 있다면 사내는 어떤 물건이든 벨 수 있을 것이다.

하지만 장무광만은 상대의 목소리에 신경 쓸 틈이 없었다.

장무광은 계속 날아오는 장이연의 공격을 막아야 했기 때문이다. 허겁지겁 공격을 막아 내던 장무광이 외쳤다.

"도와주시오!"

"일단 얘기부터 들어 봐야겠군요. 그런데 대화를 나누기에는 너무 산만하군."

백색 무복의 사내는 들고 있던 해금을 가볍게 튕겼다.

팅!

순간 해금 줄 하나가 스르륵 풀리더니 어디론가 날아갔다.

휙!

백색의 줄이 향한 곳은 장이연의 발목이었다.

화살처럼 날아가던 줄이 장이연의 발목에 적중했다.

먹이를 질식시키려는 뱀처럼 백색의 줄은 장이연의 발목부터 시작해서 장딴지를 휘감기 시작했다.

백색의 줄은 결국 장이연의 하체를 휘감은 뒤 멈췄다.

매섭던 장이연의 손이 그제야 멈췄다.

공격이 멈추자, 장무광이 재빨리 뒤로 물러났다.

숨을 몰아쉬던 장무광이 사내를 바라봤다.

그 모습에 사내는 조용히 고개를 끄덕였다.
사내는 미소를 피워 내며 자신의 해금을 살폈다.
장무광도 사내의 해금을 바라봤다.
신기한 것은 사내의 해금에는 새로운 줄이 다시 차 있다는 점이었다.
해금의 현은 암기 역할을 하는 것이 분명했다.
그때 사내가 입을 열었다.
"어떻게 도와주면 되겠소? 원하는 대로 해 드리겠소. 여기 있는 자들을 모조리 죽여 주면 되겠소?"
면사 너머 백색 무복 사내의 목소리에는 아무런 감정도 담겨 있지 않았다.
마치 영혼이 없는 빈껍데기 같았다.
목소리가 어찌나 이상한지 장무광이 흠칫하며 뒤쪽으로 물러났을 정도.
그때 구경꾼들이 웅성거리기 시작했다.
"혹시 우리를 죽이겠다는 건가?"
"설마. 구경하던 우리가 무슨 원한이 있다고……."
"그렇지. 정사를 막론하고 증인이 있어야 무용담도 남는 법이지. 하하."
구경꾼들은 너 나 할 것 없이 허탈하게 웃었다.
그도 그럴 것이, 이런 비무에서 일반 백성이 죽어 나가는 경우는 없었다.

패자가 있다면 당연히 승자도 있는 법.

승자의 무용담을 강호에 퍼뜨리기 위해서는 백성들의 입은 필수였다.

게다가 이곳은 이 지역에서 가장 유명하다는 정화 객잔이었다.

이렇게 공개된 장소에서 구경꾼들을 죽인다는 것은 있을 수 없었다.

거기에 더해서 구경꾼들을 입막음할 이유가 전혀 없었다.

최소한 그들의 귀에는 이들의 대화가 자신들과는 상관없이 들렸다.

그렇게 모두가 웃고 있는 가운데, 장무광이 눈을 빛냈다.

사실 장무광의 가장 큰 고민은 자신과 가문의 체면이 깎이는 것이었다.

이권과 돈은 그다음이었다.

여기서 문제는 이미 자신의 체면이 깎였다는 점이었다.

체면을 복구하려면 어떤 방법이 가장 좋을까?

그것은 바로 이곳에 있는 사람들의 입을 막는 것이었다.

장이연에게 패한 것은 일생일대의 치욕이었다.

그 치욕을 지우는 일이라면 수단은 중요하지 않았다.

수단과 방법을 가리지 않는 장무광의 태도.

만검문 또한 그렇게 성장해 왔으며, 한 번도 기회를 놓치지 않았다. 문파가 성장하는 데 수단과 방법을 가릴 여유 따위는 없었으니까.

이런 면에서 백색 무복의 사내는 장무광의 고민을 정확하게 읽고 있었다.

장무광은 조용히 고개를 끄덕였다.

"가능합니까?"

"그래서 나를 부른 게 아니었소?"

백색 무복의 사내가 장무광이 들고 있는 뿔피리를 가리켰다.

장무광은 자신이 든 뿔피리와 사내를 번갈아 보았다.

그때 백색 무복의 사내가 다시 말을 이었다.

"나는 현이라고 하오."

"저는 만검문의 장무광이오."

"알고 있소이다. 그럼 시작하겠소."

말을 마친 사내가 손뼉을 쳤다.

짝!

순간 사내의 수하들이 사방으로 흩어졌다.

사방으로 흩어진 그의 수하들은 마치 객잔과 통하는 모든 문을 막고 있는 것만 같았다.

거기에 더해 묘한 기세를 흘리고 있었다.

순간 웅성거리던 구경꾼들이 모두 입을 닫았다.

객잔에서는 마른침 삼키는 소리만 들려올 뿐이었다.

갑작스러운 상황에 구경꾼 중 하나가 게걸음으로 객잔의

문을 향해 걸어갔다.

문 앞에 온 구경꾼은 발길을 멈췄다.

그는 조용히 옆으로 고개를 돌렸다.

구경꾼의 옆에는 백색 무복에 면사를 쓴 여인이 팔짱을 끼고 있었다.

그녀는 백색 무복 사내의 수하였다.

구경꾼은 물끄러미 백색 면사의 여인을 바라봤다.

잠시 상대를 바라보던 구경꾼은 천천히 발을 내밀었다.

하지만 여인은 구경꾼을 쳐다보지도 않았다.

구경꾼은 여인을 시험하듯 발을 내밀었다가 뺐다를 반복했다.

그의 시험에도 여인은 꼼짝도 하지 않았다.

구경꾼은 재빨리 짐을 들고는 냅다 뛰었다.

그때였다.

누군가 구경꾼의 목덜미를 잡았다.

구경꾼은 졸지에 뒤쪽으로 나가떨어졌다.

뒤로 나가떨어진 구경꾼은 자신을 잡아당겼던 이를 바라보며 외쳤다.

"대체 왜 그러시오! 당신도 저들과 한패요?"

"물에 빠진 사람 건져 놨더니 보따리 내놓으라는 것도 아니고……. 고맙다는 말은 못 할망정 왜 성질을 내시오?"

구경꾼을 잡아끈 이는 다름 아닌 한빈이었다.

한빈은 황당하다는 듯 구경꾼을 쏘아봤다.
하지만 객잔에 모인 다른 구경꾼들은 한빈의 행동이 이해되지 않았다.
그도 그럴 것이, 지금 이곳을 빠져나가려 했던 이가 탈출에 성공한다면 다른 구경꾼들은 그 뒤를 따르려고 했다.
아무리 싸움 구경이 좋고 내기가 좋다 한들, 목숨보다 소중한 것은 없었으니 말이다.
그만큼 이곳의 분위기는 흉흉했다.
백색 무복의 사내가 풍겨 내는 분위기가 그리 만든 것이다.
그렇게 눈치를 보고 있던 이들에게 남자의 탈출 시도를 막은 한빈이 좋게 보일 리 없었다.
그때였다.
한빈은 옆 탁자 위의 오리구이를 바라봤다.
한 마리를 통으로 구운 오리구이는 입도 안 댄 듯 보였다.
한빈이 요리의 주인을 보며 말했다.
"오리구이 좀 쓰겠소이다."
"그러시오. 어차피 버리려고 하던 참이었소. 마음껏 드시오."
상대가 선심 쓰듯 고개를 끄덕이자, 한빈이 열려 있는 문을 바라봤다.
식욕이 싹 가셔서 요리에는 관심이 끊어진 지 오래였다.

나머지 구경꾼들은 한빈의 행동이 이해가 안 된다는 듯 고개를 갸웃했다.

그때였다.

한빈은 오리를 들어 아무렇지 않게 문 쪽으로 던졌다.

누가 봐도 힘이 전혀 실려 있지 않았다.

힘없이 던진 오리는 포물선을 그리며 입구를 향해 날아갔다.

천천히 가던 오리가 면사 여인의 앞으로 스쳤다.

하지만 여인은 팔짱을 낀 채 움직이지 않았다.

그녀는 고개도 돌리지 않았다. 밖으로 날아가는 오리구이는 쳐다보지도 않은 것이다.

그때였다.

입구에서 이상한 소리와 함께 서늘한 냉기가 안쪽으로 들이닥쳤다.

서걱.

동시에 날아가던 오리구이가 조각이 나서 바닥에 떨어졌다.

투두둑.

얼마나 잘게 조각이 났는지, 오리구이는 손톱만 한 크기가 되어서 우박처럼 바닥에 떨어졌다.

순간 구경꾼들의 눈이 커졌다.

목덜미를 잡혔던 구경꾼은 한빈과 문 앞에 떨어진 오리구이를 번갈아 봤다.

조각난 오리구이를 바라보던 구경꾼의 어깨가 가늘게 떨렸다.

만약에 상대가 자신을 잡아 주지 않았다면 오리구이처럼 조각이 나 있을 것이 분명했기 때문이다.

구경꾼과 시선을 마주한 한빈은 어깨를 으쓱하며 탁자 위 호리병을 들었다.

한빈은 아무렇지 않게 호리병을 문을 향해 던졌다.

호리병이 오리고기와 마찬가지로 다시 유려한 궤적을 그리며 떨어졌다.

하지만 호리병은 밖으로 나가지 못했다.

은빛 섬광이 호리병을 갈랐기 때문이다.

순간 호리병의 파편과 함께 술 방울이 바닥에 떨어졌다.

이번에도 문을 지키는 면사의 여인은 팔짱을 낀 채 움직이지 않았다.

객잔 안에 침묵이 전염병처럼 번졌다.

가끔 밖에서 들려오는 바람 소리가 어색해질 정도로 실내는 완벽한 정적에 휩싸였다.

그 침묵을 깬 것은 한빈이었다.

한빈은 구경꾼의 어깨를 툭툭 쳤다.

"사실, 그렇게 고마워하지는 않아도 됩니다."

"그게 무슨 말씀……."

"내가 지키려고 한 건 당신이 아니라 그 판돈이니까요."

"……."

구경꾼은 눈을 크게 뜨고 한빈을 바라봤다.

다른 구경꾼들은 그제야 한빈이 구한 이의 얼굴을 유심히 보기 시작했다.

윗옷이 바뀌어 있지만, 그는 분명히 판돈을 관리하던 거간꾼이었다.

그때 한빈이 그의 등짐을 덮은 천을 걷었다.

순간 판돈이 든 상자가 모습을 드러냈다.

당황한 거간꾼 조위명이 뒷걸음쳤다.

그 모습에 한빈이 말을 이었다.

"제 옆이 제일 안전할 겁니다. 저들이 있는 한 이곳에서 도망칠 수 있는 사람은 아무도 없을 겁니다."

"그게 무슨 말이오?"

"누구도 살아서 객잔 밖으로 빠져나갈 수 없다는 말이죠."

"어찌 그리 태연하게 그런 말을 하시오?"

"제가 이래 봬도 산전수전 다 겪었거든요."

"대체 당신은 누구시오?"

그때였다.

가만히 보고 있던 장무희가 입술을 깨물고 나섰다.

"이분은 정파에서 이름이 높은 분이에요."

"그래서 누구란 말이오?"

거간꾼 조위명이 의심 가득한 눈초리로 한빈을 바라봤다.

그 모습에 한빈이 입을 열었다.

"비밀입니다."

"비밀이라……. 그런 이름은 처음 들어 보는군."

거간꾼 조위명은 고개를 갸웃했다.

한빈이 비밀이라고 한 것을 누군가의 이름으로 알아들은 것이다.

하지만 한빈은 구태여 그의 오해를 풀어 주지 않았다.

어차피 밝히지 않을 이름이면 이대로 오해하는 편이 나았다.

잠시 조위명을 바라보던 한빈이 말을 이었다.

"어쨌든 할 말은 딱 한 가지입니다."

"그게 뭐요?"

"제게 의뢰하시겠습니까?"

"뭘 의뢰한다는 말이오?"

"여기서 의뢰할 게 뭐가 있겠습니까? 당연히 목숨이죠."

"당신에게 의뢰하면 목숨을 지켜 주겠다는 뜻이오?"

"네, 그렇습니다. 의뢰하시겠습니까?"

한빈의 제안은 진심이었다.

한빈이 일행과 이곳을 빠져나가는 것은 그리 어렵지 않았다.

하지만 이곳에 있는 모두를 살리는 것은 한빈의 능력으로도 힘들었다.

그렇다고 손을 놓고 있을 수는 없었다.

오늘 사건에 대한 증인이 필요하기 때문이다.

거간꾼 조위명은 반사적으로 고개를 끄덕였다.

“좋습니다. 얼마면 되겠소이까?”

“내가 어찌 당신의 목숨값을 정하겠습니까? 그냥 성의를 보여 주십시오. 그 성의만큼 최선을 다하겠습니다.”

“허허.”

거간꾼 조위명이 한빈의 눈치를 봤다.

조위명은 타고난 거간꾼이었다.

세 치의 혀로 벌어들인 돈을 쌓아 두기에 곳간의 공간이 부족할 정도였다.

그런데 지금은 상대의 혀에 농락당하는 느낌이었다.

묘하게 치솟는 승부욕.

하지만 승부욕을 드러낼 처지가 아니었다.

조위명은 고개를 끄덕였다.

“알았소이다.”

말을 마친 조위명은 은화 한 닢을 건넸다.

하지만 그는 입술을 한 번 깨물고는 다시 품속을 뒤졌다.

그는 다시 은화 한 닢을 더 꺼냈다.

그것이 마지막이 아니었다.

조위명은 고민고민하다가 은화를 서너 개 더 꺼냈다.

한빈은 조용히 그 모습을 지켜봤다.

사실 눈은 그를 보고 있지만, 온 신경은 백색 무복의 사내에게 가 있었다.

백색 무복에 면사를 쓰고 있는 사내는 오랜만에 만난 적수였다.

한빈은 언젠가부터 무공의 경지 따위는 신경 쓰지 않았었다.

한빈이 신경 쓰는 것은 오로지 구결의 흔적뿐이었다.

구결이 나타내는 상대의 경지는 세간에서 말하는 경지와는 전혀 다를 때가 있었다.

즉, 세간에서 떠드는 경지보다 구결의 흔적이 더 정확하다는 말이었다.

구결이 나타나는 흔적은 거짓말을 한 적이 없었다.

지금 백색 무복의 사내에게서는 천외천급 구결의 흔적이 일렁이고 있었다.

오랜만에 만난 적수이자 한빈의 먹잇감이라는 뜻이었다.

물론 적을 사냥할지 아니면 사냥당할지는 아직 모르는 일이었다.

재미있는 것은 백색 무복의 사내가 아무런 행동을 취하고 있지 않는다는 점이었다.

그는 지금 한빈과 조위명의 대화를 기다려 주고 있었다.

그때 조위명이 떨리는 목소리로 말을 이었다.

"왜 돈을 안 받으시오? 적어서 그런 것이오?"
그의 목소리에 한빈은 다시 앞을 바라봤다.
조위명의 손에 들려 있는 은화는 총 다섯 닢이었다.
조위명은 한빈의 표정을 계속 관찰했다.
무표정한 한빈의 얼굴에, 조위명은 입술을 잘근 깨물었다.
받은 만큼 목숨을 지켜 주겠다고 하니 묘하게도 얼마를 내야 할지 계산할 수 없었다.
만약에 다른 이의 목숨값이라면 일말의 망설임 없이 책정했을 테지만, 자신의 목숨은 달랐다.
조위명은 급기야 금화 한 닢을 더 얹었다.
자신의 목숨은 그만큼 소중했다.
그는 은화 다섯 닢과 금화 한 닢을 한빈에게 건넸다.
"부탁하오."
"그럼 계약은 성립된 것으로 알겠습니다. 나머지 접수는 당신이 맡아 주시오."
"그게 무슨 말이오?"
"혼자만 살려고 그랬소?"
"음."
침음을 삼킨 조위명이 상자에서 장부를 들었다.
그러고는 구석에 흩어져 있는 수하들에게 눈짓했다.
그때부터였다.

수하들은 각자 장부를 들고 의뢰를 받기 시작했다.

한빈은 팔짱을 끼고 그 광경을 조용히 바라봤다.

의뢰를 하는 자와 무시하는 자.

물론 그것으로 적아를 구분하기는 힘들었다.

하지만 어느 정도 윤곽은 잡혔다.

증인을 남겨 놓기 위한 계획은 순조롭게 진행되었다.

조위명은 이런 계산에 탁월한 자였다.

그는 수하들을 시켜 구경꾼들에게 계약을 맺게 했다.

계약이 끝난 자들에게는 표식까지 남겨 주었다.

표식은 어깨에 멜 수 있는 청색 띠였다.

계약을 맺은 자들은 오른쪽 어깨에 청색 띠를 둘렀다.

그때까지도 백색 무복의 사내는 가만히 있었다.

한빈은 그들을 한곳에 모았다.

한빈의 뒤쪽으로는 청색 띠를 두른 자들이 모였다.

그들을 한곳에 모은 한빈은 청화의 옆으로 다가가 고개를 숙였다.

한빈은 은밀한 목소리로 속삭였다.

"만약에 조금이라도 허튼짓을 한다면 죽여도 좋다."

"알았어요, 공자님."

청화가 해맑게 답하자, 뒤쪽에 있던 자들이 환하게 웃었다.

그들을 본 청화도 웃었다.

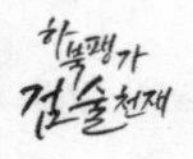

청화는 한빈의 의도를 정확하게 파악하고 있었다.
원래 적은 내부에 있는 적이 가장 무서운 법이었다.
이것으로 밖에 있는 적만 신경 쓰면 되었다.
한곳에 모아 놓은 자들만 관리하면 되니 말이다.
청화의 임무는 그들을 보호하는 것이 일 할이고 감시하는 것이 구 할이었다.

모든 선별 작업이 끝나자, 백색 무복의 사내가 기다렸다는 듯이 천천히 다가왔다.
저벅저벅.
그의 움직임만으로 객잔의 온도가 달라질 정도였다.
구경꾼 중 하나가 조위명에게 조용히 속삭였다.
"대체 저자는 뭐지?"
"나도 저런 자는 들어 본 적이 없네."
조위명이 고개를 저었다.
조위명은 강남과 강북을 오가면서 활동했던 거간꾼이었다.
중원의 남북을 누비며 활동한 만큼, 그의 견식은 그리 짧지 않았다.
하지만 이 객잔에 모여 있는 고수들만큼은 알 수 없었다.
자신을 구해 준 이와 백색 무복의 사내 그리고 이 객잔을 포위한 인물.

그들은 최소 초절정급 이상의 무인이었다.

백색 무복의 사내만 보면 강호의 십대고수에 버금갈 정도였다.

물론 확실치는 않았다.

그저 느낌일 뿐이었다. 안타까운 것은 항상 불길한 느낌은 정확하게 들어맞는다는 점이었다.

조위명이 입맛을 다실 때, 상대가 다시 입을 열었다.

"그럼 자네를 구해 준 저 사람은 누군가?"

"비밀이라네."

"그게 무슨 말인가?"

"이름이 비밀이라네. 그 이름 또한 들어 본 적이 없지."

조위명은 조용히 자신을 구해 준 사람을 바라봤다.

이제 곧 일이 벌어질 것 같은 느낌이 들어서였다.

모두가 웅성거리는 가운데, 한빈은 백색 무복의 사내를 바라봤다.

"내기는 마무리 지어야 하지 않겠소?"

"그러고 보니 그 말도 맞는 것 같군."

"어찌하시겠소?"

"내가 깜빡한 게 있군."

사내가 고개를 살짝 흔들자, 그의 면사가 출렁했다.

순간 그의 입술이 보였다.

한빈은 슬쩍 올라간 그의 입꼬리를 확인할 수 있었다.

아마도 그는 머릿속에 이번 승부를 어찌할지 계획하고 있는 것이 분명했다.

한빈은 그가 왜 급하게 달려들지 않았는지를 이제 눈치챌 수 있었다.

한빈이 계획을 세우고 있는 동안, 그도 나름 머리를 쓰고 있었던 것.

지금의 웃음은 승리의 확신일 터.

대충 보니 백색 무복의 사내는 터무니없이 신중한 성격임이 분명했다.

한빈이 천천히 입을 열었다.

"말씀해 보시오."

"내가 내깃돈을 안 걸었지 뭔가? 나와 상관없는 내기판을 그냥 두고 볼 만큼 난 한가하지 않네."

"그럼 나와 내기하겠다는 말이오?"

"이제야 말이 통하는군."

"먼저 판돈을 얹어 보시지요."

한빈이 바닥을 가리켰다. 판돈을 얹어 보라는 뜻이었다.

그 모습에 사내의 면사가 출렁였다.

이번에는 얼굴이 조금 더 드러났다.

한빈은 눈을 가늘게 떴다.

이유는 모르겠지만, 그의 윤곽이 묘하게 낯이 익었다.

한빈은 설마 하는 마음을 일단은 접기로 했다.

마음속의 빈틈을 만들어 두는 것은 한빈에게 어울리지 않았다.

최선을 다해서 상대를 꺾고 그 가면을 벗긴다.

한빈은 사내를 바라봤다.

시선을 마주한 사내의 면사가 다시 출렁였다.

"이건 어떤가?"

말을 마친 사내가 목을 긋는 시늉을 했다.

그 모습에 한빈이 피식 웃었다.

"누구의 목을 걸자는 말씀입니까?"

"자네와 나. 비무의 결과에 따라서 말이지."

사내가 천천히 팔짱을 꼈다.

배짱이 있으면 받아 보라는 듯한 모습이었다.

사내의 말에 다시 구경꾼들이 웅성거리기 시작했다.

"자, 잠깐만……. 지금 비무에 서로의 목숨을 걸겠다는 말인가?"

"허허. 지금 이게 어찌 돌아가는 건가?"

"설마 내기에 응하겠는가?"

"그야 모르지."

구경꾼들은 고개를 돌려 한빈을 바라봤다.

그들 사이에 가장 빛나는 눈동자가 있었다.

그 눈동자의 주인은 바로 장무희였다.

장무희는 지금의 상황이 이해되지 않았다.

자신의 오라버니를 이렇게 믿어 주는 사람은 가문에서도 없었다.

아니, 자신도 오라버니를 그 정도로 믿지는 못했다.

그런데 그런 자가 목숨을 걸고 내기를 하다니!

장무희의 눈이 빛나는 이유는 바로 눈물 때문이었다.

벅차오르는 감정을 장무희는 주체할 수 없었다.

이제 한빈의 결정만 남은 상태.

한빈이 가벼운 표정으로 입을 열었다.

"지나가는 내기판에 목숨을 걸 만큼 한가하십니까?"

"그래서 싫은가?"

"좋습니다. 슬슬 이 객잔이 지겨워지던 참이었습니다. 일단 꼬인 매듭은 풀어야 하는 법. 저것부터 풀고 우리 사이의 이야기는 나중에 하도록 하죠."

한빈은 대치 중인 장무광과 장이연을 가리켰다.

한빈은 정확히 장이연을 감싸고 있는 해금 줄을 가리켰다.

한빈이 보기에 그 줄은 보통 줄이 아니었다.

강도로만 보면 천잠사에 버금가는 것이 분명했다.

거기에 천잠사에는 없는 점성까지 지니고 있었다.

마치 거미줄처럼 말이다.

사실 한빈은 상대를 분석하고 있었다.

지금 들이닥친 이들의 정체와 그들의 경지.

한빈은 면사 속 얼굴이 감이 잡히지 않았다.

사실 한빈은 그들이 백경의 일원인 줄 알았다.

하지만 그들은 백경이 아니었다.

백경 선주 특유의 선기가 그에게는 드러나지 않았다.

이 정도의 무공을 지닌 자가 천외천의 백경 말고 또 있었다고?

한빈의 표정이 오묘해졌다.

전생에는 생각지도 못했을 적들을 마주한다는 것은 두렵기도 하지만, 한편으로는 기쁘기도 했다.

전생에는 못 봤던 강호의 진실을 본다는 것 자체가 즐거움이었다.

물론 그 즐거움은 승부가 난 후에 만끽해도 되었다.

장이연과 장무광의 승부 그리고 사내와 한빈의 승부.

한빈은 자신도 모르게 입가에 호선을 그렸다.

그때였다.

사내가 해금의 현을 튕겼다.

팅.

순간 장이연을 감쌌던 줄이 다시 사내의 해금으로 돌아왔다.

해금을 등에 멘 사내, 즉 현은 고개를 돌려 수하를 바라봤다.

문 앞을 지키고 있는 여인이었다.

여인은 여전히 말이 없었다.

그저 사내의 시선에 살짝 반응할 뿐이었다.

백색 무복의 사내가 여인에게 말했다.

"그 검 좀 빌려주게."

"……."

여인이 말없이 허리에 찬 검집을 풀었다.

그러고는 검집째 사내에게 던졌다.

그 모습에 한빈은 여인이 평범한 수하가 아님을 깨달았다.

뭐, 여기까지는 한빈이 예상하던 바였다.

이곳에서 천외천급 구결이 보이는 자는 정확히 둘이었으니 말이다.

바로 백색 무복의 사내와 여인 말이다.

즉, 여인의 무공이 백색 무복의 사내의 아래가 아니라는 말이었다.

아마도 둘 사이에 사연이 있는 듯 보였다.

그때였다.

백색 무복의 사내가 날아오던 검을 향해 오른손을 뻗었다.

그는 검집의 아래쪽을 툭 하고 쳤다. 검집이 그의 오른손을 중심으로 빙그르르 돌았다.

그 원심력에 의해 검집에서 검신이 나왔다.

마치 뱀이 허물을 벗듯 검집에서 튕겨 나온 검신을 본 모두는 눈을 동그랗게 떴다.

볼품없는 검집과는 달리, 맑은 하늘을 떠올리게 한다는 푸른색의 검신은 상서로운 기운을 뿜어내고 있었다.

튀어나온 푸른색의 검이 어디론가 맹렬하게 날아갔다.

슝!

푸른색의 검이 날아간 곳은 다름 아닌 장무광 쪽이었다.

그때 현이 외쳤다.

"형제여, 검을 잡게!"

순간 장무광을 관통할 것같이 맹렬한 기세를 뿜어내던 검이 허공에서 멈췄다.

순간 여기저기서 탄성이 흘러나왔다.

"이기어검!"

"태어나서 이기어검을 보다니!"

그것도 잠시, 구경꾼들 사이에서 한숨이 흘러나왔다.

"아, 그럼 우리는 다 죽은 목숨 아닌가?"

"이기어검을 쓰는 자가 죽인다고 했으니……."

구경꾼들은 사색이 되었다.

장무광은 소란에도 아랑곳하지 않고 반사적으로 검을 잡았다.

검을 잡은 장무광은 자신도 모르게 눈을 크게 떴다.

검에서 밀려들어 오는 기이한 기운 때문이었다.

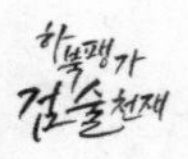

장무광은 다시 검을 바라봤다.

아무리 봐도 보통 검이 아니었다.

불규칙한 기운이 해일처럼 손바닥을 통해 밀려 들어왔다.

그 기운이 어찌나 강맹한지 잡는 것조차 힘들었다.

순간 장무광의 눈이 빛났다.

검을 잡은 자신조차 감당할 수 없는 기운이라면?

맞는 즉시 상대는 반 토막 날 것이 분명했다.

보잘것없는 수투를 손에 끼고 있으니 맨손이나 다름없었다.

장무광은 조용히 검을 들었다.

지금 비무는 잠시 중단된 상태. 그냥 한쪽에서 시작하면 그것으로 충분했다.

장무광은 푸른색 검을 조용히 휘둘렀다.

장이연을 향해서가 아닌, 자신의 옆에 있던 장식용 무쇠 종을 향해서였다.

서걱!

두꺼운 무쇠 종이 연두부처럼 썰려 나갔다.

순간 장무광이 눈을 빛내며 곧바로 장이연에게 달려들었다.

하지만 장무광이 보지 못한 것도 있었다.

장이연이 낀 수투, 즉 만향수가 백색으로 빛나고 있는 것을 말이다.

보검의 위력을 확인한 장무광은 입꼬리를 실룩댔다. 자신이 쥐고 있는 것은 천하제일 보검이라고 해도 충분했다.

내력을 담지 않았는데도 무쇠로 만든 종이 두부처럼 썰려나갔다.

장무광은 겨우 웃음을 참고 장이연을 바라봤다.

그는 천천히 검을 올렸다.

장무광은 딱 한 수에 끝내기로 했다.

별다른 초식도 필요하지 않았다. 그저 일도양단의 기세로 적을 반 토막 내면 되었다.

장무광은 보검을 얻었지만, 먼저 달려들지는 않기로 했다.

적에 대한 분석이 먼저였기 때문이다.

장이연의 눈을 보면 정상이 아니었다.

어떤 이유에서인지는 모르지만, 제정신이 아닌 것 같았다.

마주 보고 있는 장이연은 마치 미친 소 같았다.

미쳐 날뛰는 소는 백정의 칼날을 두려워하지 않는 법.

오히려 백정의 칼날이 무디면 소에게 당하기 마련이었다.

장무광의 상황이 딱 미친 소에게 당하기 일보 직전이었다.

하지만 장무광은 그 어떤 가죽도 베어 낼 수 있는 검을 손에 넣었다.

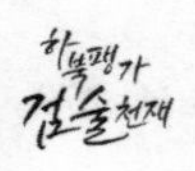

이제 장이연이라는 미친 소를 단번에 베어 내는 일만 남았다.

장무광은 그 짧은 시간에도 장이연을 다시 살폈다.

이전의 실수를 되풀이하지 않기 위해서였다.

고민도 잠시, 장무광은 장이연을 향해서 천천히 다가섰다.

만검문이 복건 지역의 제일문파로 우뚝 서기 위해서는 장씨세가라는 양분이 반드시 필요했다.

이제 장무광의 눈에는 장이연이 다시 먹잇감으로 보이기 시작했다.

둘 사이의 간격이 좁혀지자, 구경꾼들은 자신도 모르게 입을 벌렸다.

면사를 쓴 무사들이 나타나기 전까지의 대결은 그저 여흥이었다.

하지만 그 후부터는 양상이 달라졌다. 지금의 승부에는 자신들의 목숨이 걸려 있었다.

장무광이 이긴다면 이곳에서 살아 돌아갈 수 있는 사람은 없을 터.

그들은 장무광이 무쇠 종을 향해 휘두른 일 검을 보고 더욱 간절해졌다.

하지만 누가 봐도 보검을 든 장무광은 천하무적에 가까웠다.

이대로라면 달려오던 장이연은 반 토막이 날 터.

모두는 비명을 삼키고 있었다.

오라비를 바라보던 장무희도 눈을 질끈 감았다.

이대로라면 오라비는 치명상을 피할 수 없을 것이 분명했다.

둘의 간격이 천천히 좁혀지자, 장무희의 떨림도 점점 커졌다.

두 걸음.

한 걸음.

장무광의 검이 일도양단의 기세로 장이연의 정수리를 노렸다.

동시에 장이연이 정수리로 날아오는 검을 향해서 오른손을 뻗었다. 장이연의 양손에서는 백색 강기가 흘러나왔다.

조금씩 흘러나오던 백색 강기가 그의 손을 완벽하게 감싼 것이다.

순간 장이연의 손과 장무광의 검이 허공에서 부딪쳤다.

캉!

귀청을 얼얼하게 만들 정도의 굉음이 객잔 안에 퍼져 나갔다.

둘은 뒤쪽으로 주르르 물러났다.

그들은 뒤쪽으로 세 걸음씩 물러선 채 상대를 노려봤다.

누가 봐도 이번 합은 무승부였다.

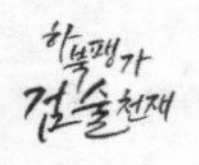

구경꾼들은 지금 광경에 입을 딱 벌리고 말았다.

무쇠도 잘라 냈던 장무광의 보검을 장이연이 막아 내다니, 누구도 믿을 수 없었다. 아니 그냥 막아 낸 것이 아니라 장무광의 보검을 정면에서 쳐 냈다.

순간 구경꾼 중 하나가 눈을 크게 떴다.

"저, 저건 강기다!"

"아니, 저건 꼭 솜뭉치 같지 않은가?"

그들의 말대로였다. 장이연이 낀 수투, 즉 만향수에서 피어오른 백색의 강기는 마치 하늘에 뜬 구름과도 같았다.

구경꾼들이 보기에 장이연은 솜뭉치를 두르고 있는 것 같았다.

그 솜뭉치가 무쇠를 두 동강 낸 보검을 쳐 냈으니 놀라는 것도 당연한 일.

그것을 지켜보던 설화가 조용히 한빈을 바라봤다.

"공자님, 어떻게 된 거죠? 저건 못 쓰는 물건이라고 하셨잖아요."

"부자는 망해도 삼대는 간다는 강호 속담이 있지 않으냐?"

"그 말이 어떻게 저기에 적용될 수 있나요? 공자님."

설화는 이해가 안 된다는 듯 고개를 갸웃했다.

그도 그럴 것이, 무림 칠대기보라고 찾은 나머지 물건은 폐품에 불과했다.

폐품이라고 생각되는 만향수를 한빈이 장이연에게 던져줬을 때, 설화는 이해할 수 없었다.

그런데 지금 그 폐품으로 상대의 보검을 막은 것이다.

이쯤 되니 설화는 한 가지 의문을 품을 수밖에 없었다.

백색의 권기가 무림 칠대기보인 만향수의 효과일까? 아니면 장이연의 재능일까?

그것도 아니라면 한빈이 먹였던 투전화의 효과일까?

어찌 되었든 지금 중요한 것은 장이연이 강남 최고의 권법가가 되어 있다는 점이었다.

본래 강호에서는 북도남검이라는 말을 많이 쓴다.

북쪽에 있는 문파나 가문은 도를 주로 쓰고, 남쪽에 있는 무림 세력은 대부분 검을 쓰는 데 유능하다고 해서 만들어진 말이었다.

하지만 권(拳)에 관해 거론하는 강호인들은 그리 많지 않았다.

그도 그럴 것이, 강호에서는 맨손을 쓰는 권법가를 찾아보기 힘들었다.

무기는 신체의 연장이며, 그 신체는 길면 길수록 유리한 법이기 때문이다.

물론 초절정 이상의 경지에 이르면 신체의 길이는 무의미해지지만, 문제는 대부분의 권법가는 그 전에 요절한다는 것.

그런데 지금 눈앞에 초절정의 권법가가 당당히 권법을 펼치고 있으니, 모두는 놀랄 수밖에 없었다.

설화도 저런 권법가가 있다는 것은 금시초문이었다.

그때 한빈이 어깨를 으쓱하며 답했다.

"아직 쓸 만하다면 다행인 게지."

"아."

설화는 조용히 입을 벌렸다.

한빈의 말대로 다행인 것은 맞지만, 의문은 조금도 풀리지 않았다.

지금의 상황을 이해하고 있는 것은 한빈밖에 없었다.

한빈도 처음에는 용린의 기운이 없어진 무림 칠대기보가 폐품인 줄 알았다.

하지만 이것은 한빈의 착각이었다.

자루에 남아 있는 무림 칠대기보는 모두 기운의 씨앗을 품고 있었다.

마치 사람처럼 말이다.

무인들은 기본적으로 타고난 기운의 씨앗을 가지고 있다.

그것을 보통 강호인들은 선천지기라고 한다.

기운을 모두 소모한다고 해도, 선천지기가 남아 있다면 진기를 다시 축적할 수 있다.

지금의 만향수처럼 말이다.

한빈은 장이연에게 수투를 던져 주면서 마중물이 될 용린의 기운을 살짝 넣어 줬다.

그 기운만으로도 만향수가 무림 칠대기보의 힘을 되찾은 것이다.

잠시 허공을 확인하던 한빈은 다시 고개를 돌렸다.

한빈이 바라보는 것은 장이연 쪽이 아니었다.

바로 백색 무복의 사내였다.

한빈은 백색 무복의 사내가 움직이기를 기다리고 있었다.

지금 이대로라면 장무광이 질 터였다.

과연 백색 무복의 사내가 그냥 보고만 있을까?

아니나 다를까, 백색 무복의 사내가 움직이기 시작했다.

하얀 소매 아래로 가느다란 손가락이 슬며시 뻗어 나왔다.

그 동작이 너무 자연스러워서, 눈치챈 자는 아무도 없었다.

검지와 중지 사이에 가느다란 선 하나가 눈에 들어왔다.

그것은 바로 의원들이 쓰는 은침이었다.

치료의 도구이자, 고수가 쓴다면 암기가 될 수도 있는 것이 침 아니던가?

지금 그의 손에 들려 있는 은침은 암기 역할을 할 것이 분명했다.

한빈이 보기에 그 암기가 향할 곳은 뻔했다.

순간 백색 무복의 사내가 손가락을 튕겼다.

그와 동시에 한빈도 손을 튕겼다.

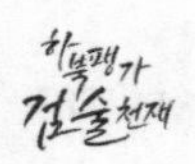

'백발백중!'

휙!

한빈도 미리 꺼내 놓은 은침을 날린 것이다.

툭!

가느다란 은침 두 개가 허공에서 바닥으로 떨어졌지만, 누구도 눈치채지 못했다.

푸른 검기와 백색의 권기가 굉음을 내며 격돌하는 상황에 미세한 소리에 신경 쓸 사람은 아무도 없었다.

백색 무복의 사내가 고개를 돌렸다.

그곳에는 떨어진 은침을 보고 있는 한빈이 있었다.

한빈이 웃는 이유는 간단했다. 이제는 상대의 정체를 오할 정도는 확신할 수 있을 것 같아서였다.

사내와 시선을 마주친 한빈이 어깨를 으쓱했다.

순간 사내의 얼굴을 덮고 있는 흰색 면사가 출렁거렸다.

그가 한 발 앞으로 나왔다.

한빈도 그가 걸어온 만큼 한 발 앞으로 나갔다.

한빈은 사내와 잠시 눈빛을 교환했다.

사내와 한빈 사이에는 어색한 침묵이 흘렀다.

옆쪽에서 격돌 중인 장이연과 장무광 덕분에 사내와 한빈을 눈여겨보는 이는 아무도 없었다.

캉. 캉!

장무광과 장이연의 격돌은 태산이 터질 것 같은 굉음을 만들어 냈다.

어떤 이는 귀를 막을 정도였다.

둘의 기세는 그만큼 두려웠다.

만약에 저들의 검기나 권기가 빗나가서 누군가에게 향한다면 그는 죽은 목숨이었다.

모두가 그들의 격돌에 넋을 잃고 있을 때였다.

한빈이 사내를 보며 작게 속삭였다.

"약속을 지킬 생각이 없군요?"

"내 한 수를 봤으니 살려 줄 수가 없군."

"그럼 내기 하나 더 하시겠습니까?"

"이제 내기는 무의미하네. 나는 어차피 자네를 지우기로 했네."

"그게 무슨 말입니까?"

"자네가 누군지 모르겠지만, 우리 계획에 걸림돌이 될 자를 그대로 놔둘 수는 없네."

"혹시 그 계획이 뭔지 물어봐도 되겠습니까?"

"오만하군."

사내의 면사가 급격히 떨렸다.

그 모습에 한빈이 환하게 웃으며 말을 이었다.

"오만한 것은 당신이겠지요."

"나를 아는가?"

"누군지 감은 잡았습니다."

"그렇다면 말해 보게. 맞힌다면 자네를 살려 주지."

"내가 아는 당신은 약속을 지킬 사람이 아닙니다."

"나를 잘 아는 듯 말하는군."

"제가 옛날이야기를 하나 해 드리죠. 들어 보시겠습니까?"

"뭐, 승부가 나려면 시간이 있으니 듣도록 하지."

말을 마친 백색 무복의 사내는 눈 깜짝할 사이에 한빈의 앞으로 이동했다.

보법이 얼마나 신묘한지, 구경꾼들은 백색 무복 사내의 움직임을 알아채지 못했다.

눈여겨봤다고 해도 이형환위의 수법이라고 착각했을 정도였다.

하지만 한빈은 그의 움직임을 정확히 꿰뚫고 있었다.

그는 보법이 아니라 오직 힘으로 눈 깜짝할 사이에 한빈에게 다가온 것이었다.

힘으로 단번에 한빈이 있는 곳까지 튀어 오면서 그 소음을 기막을 펼쳐서 모두 막았다.

그러니 구경꾼들은 그의 움직임을 모를 수밖에 없었다.

한빈도 옛날 같으면 그 움직임에 눈을 휘둥그레 떴을 테지만, 지금은 달랐다.

다만, 상대가 그 정도의 근력을 어떻게 수련했는지가 궁금할 따름이었다.

다가온 백색 무복의 사내는 한빈의 바로 앞에서 멈췄다.

그러고는 바로 다시 기막을 펼쳤다.

기막을 펼친 백색 무복의 사내가 입을 열었다.

"나는 얘기를 들을 준비가 되어 있네."

"그럼 시작하죠. 그리 오래된 이야기는 아닙니다. 이 근처에 있는 산 아래에는 네 마리의 새끼 호랑이가 살고 있었습니다. 어미 호랑이들은 먹이를 구하느라 바빴고, 첫째 형제 호랑이도 마찬가지였습니다. 이제 남은 것은 둘째와 셋째, 넷째 호랑이죠."

강호인들은 하북팽가를 거론할 때 하북의 호랑이라고 한다.

누가 봐도 이것은 산짐승의 이야기가 아니라 하북팽가의 이야기였다.

백색 무복의 사내는 모른 척 물었다.

"호랑이 얘기를 왜 하는가?"

"잘 들어 보시면 알게 될 겁니다. 그런데 둘째 호랑이와 셋째 호랑이는 이상하게도 넷째 호랑이를 싫어했습니다. 급기야는 넷째 호랑이의 먹이까지 모두 탐하게 되었죠."

"……."

백색 무복 사내는 그저 고개를 갸웃하며 해금을 틀어쥐었다.

들을 가치가 없다면 언제든 상대의 숨통을 끊어 버리겠다는 신호였다.

한빈은 그 모습에도 아무렇지 않게 말을 이었다.

"사실, 맹수의 왕인 호랑이라도 생존 본능은 여타 짐승들과 똑같을 수밖에 없습니다. 그렇지 않습니까?"

말을 마친 한빈은 진지한 표정으로 백색 무복의 사내를 바라봤다.

사내는 한빈의 말에 답하지 않았다.

다만 무서운 표정으로 한빈을 바라볼 뿐이었다.

하지만 기막 때문에 구경꾼들은 그들의 대화를 듣지 못했다.

그래도 입술이 움직이지 않는 것으로 봐서, 한빈과 백색 무복 사내의 대화가 끊겼음은 알 수 있었다.

구경꾼들은 자신도 모르게 침을 꿀꺽 삼켰다.

아무리 봐도 기막 안에서 마주하고 있는 두 고수의 표정이 심상치 않았기 때문이다.

기막 안쪽의 분위기는 마치 폭풍 전야와도 같았다.

본래 폭풍이 오기 전에는 풀벌레 소리마저 잠잠한 법이 아니던가!

지금 기막 안쪽의 두 고수가 바로 그랬다.

이상한 것은 옆에서 격돌하고 있는 장이연과 장무광의 소리는 들리지도 않는다는 점이었다.

정확히는 백의 무복 사내가 펼쳐 놓은 기막 때문이었다.

백의 무복 사내가 펼쳐 놓은 기막이 얼마나 촘촘한지, 장이연과 장자명이 있는 공간과 구경꾼들이 있는 공간을 완벽하게 갈라놓았다.

덕분에 구경꾼들은 넋을 놓을 수밖에 없었다.

치열하게 격돌하는 장이연과 장무광의 모습은 마치 화폭에 담긴 그림처럼 느껴졌다.

그보다 더 이상한 것은 기막 안쪽의 한빈과 백색 무복 사내의 모습이었다.

둘은 가만히 있는데도 그들 너머 대결을 펼치는 장이연과 장무광보다 더 치열해 보였다.

한빈이나 백색 무복 사내 모두 주변 시선에는 신경 쓰지 않았다.

긴 침묵 끝에 백색 무복 사내가 입을 열었다.

"지금 무슨 말을 하는 건가? 시간을 벌자는 속셈인가?"

"시간을 벌자는 게 아니라, 항상 궁금했던 게 있어서 물어보고자 하는 겁니다."

"궁금했던 걸 내게 물어보겠다고?"

"네. 물어볼 사람이 당신밖에 없었습니다. 아니, 한 명 더 있군요."

"하하. 나는 자넬 처음 보는데……."

"아닙니다. 기억을 더듬어 보시면 본 적이 있을 겁니다."

"나는 너 같은……."

백색 무복 사내의 면사가 가볍게 흔들렸다.

사내가 뿜어낸 미약한 한숨 때문이었다.

그 모습에 한빈이 다시 물었다.

"이제 기억나십니까?"

"혹시 너는……."

"네, 생각하신 대로 넷째가 맞습니다. 둘째 형님."

한빈이 백색 무복의 사내의 면사를 가리켰다.

동시에 백색 무복 사내가 어깨를 파르르 떨었다.

이곳에 난입한 후 처음으로 감정의 변화를 보인 것이다.

이제까지는 흔들림 없는 호수 위의 돛단배였다면, 지금은 풍랑을 만난 것만 같은 모습이었다.

그때 한빈이 그의 면사를 가리켰다.

"이제 쓸모없는 가면은 그냥 벗어 던지는 것이 어떻습니까? 어차피 아무도 형님의 얼굴을 모릅니다."

"어찌 그리 생각하느냐?"

"형님의 얼굴은 이미 강호에서 잊힌 지 오래입니다. 아니, 이름조차 기억하는 이가 드물 겁니다. 제 기억 속에서도 희미하니까요."

한빈이 상대를 바라봤다.

쓸데없는 도발이 아니었다. 이번 격장지계는 상대에 대한 시험이었다.

돌다리도 두드리면서 가라는 강호 속담이 있지 않은가?

한빈은 계속해서 상대의 표정 변화를 살폈다.

"……."

사내는 답하지 않았다.

대신에 눈을 가늘게 뜨며 한빈을 바라볼 뿐이었다.

어찌나 강렬한지 그의 눈빛이 한빈에게 보일 듯했다.

한빈은 그 눈빛이 분노임을 알고 있었다.

격장지계가 적절히 먹힌 것이다.

지금 이 순간에도 상대의 어깨는 미세하게 흔들리고 있었다.

그 떨림이 점점 커지는 것을 보면 동요하고 있는 것이 분명했다.

점점 커지던 그의 떨림이 멈췄다. 그때 사내가 휘파람을 불었다.

휘익!

휘파람 소리에 맞추어 면사가 출렁였다.

위쪽으로 출렁하던 면사는 다시 내려오지 않았다.

면사는 갈기갈기 찢겨 허공에 흩뿌려졌다.

마치 작은 나비가 백색 무복 사내의 주변을 맴도는 것만 같았다.

한빈은 가만히 그 모습을 지켜봤다.

사내는 아직도 휘파람을 불고 있었다.

그 휘파람에 따라 나비 모양으로 찢긴 천이 넘실거리며 한

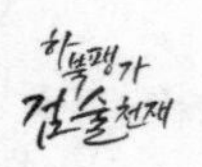

빈을 향해 날아왔다.

날아오던 천 조각 몇 개가 한빈의 귓불을 스쳤다.

휙!

순간 한빈의 귓불에서 선혈이 흘러나왔다.

허공섭물을 자유자재로 구사하는 사내의 모습에, 모두가 입을 벌렸다.

소리는 들리지 않았지만, 기막 안에서 벌어지는 일들은 똑똑히 볼 수 있었다.

출렁이던 면사는 조각이 되어서 흩어지더니, 살아 있는 나비가 되어서 상대를 공격하다니!

까무러칠 정도의 수법이었다.

구경꾼들은 사내의 수법에 대해서 감도 잡지 못하고 있었다.

하지만 한빈은 놀라지 않았다.

그렇다고 사내의 실력까지 얕잡아 본 것은 아니었다.

사내의 수법은 다름 아닌 음공이었다.

휘파람 한 번으로 면사를 가루로 만든다는 것은 백대고수가 온다고 해도 불가능한 일이었다.

그가 절대적인 무위를 가지고 있다는 것은 이미 구결의 흔적을 통해서 알고 있었다.

거기에 사내가 등에 메고 있는 것은 다름 아닌 해금이었다.

음공을 안 쓴다면 그가 거추장스러운 해금을 쓰고 다닐 리는 없었다.

거기에 더해서 이전에 해금의 줄을 날린 한 수도 똑똑히 기억하고 있었다.

사실 그 한 수는 이기어검같이 허공섭물을 근간으로 하는 초식이 아니었다.

중간중간에 음공을 날리면서 줄을 자유자재로 조종한 것이었다.

상대는 음공에 있어서만큼은 절대지경에 올랐다고 봐야 했다.

한빈이 궁금한 것은 사내의 그동안 행적이었다.

사내는 바로 정화 부인과 함께 가문에서 쫓겨났던 둘째 공자, 팽경빈이였다.

그러니 한빈을 향한 분노는 정당했다.

사실 한빈은 정화 부인과 둘째 공자 팽경빈에 대해서 수소문했었다.

바로 강호 최대의 정보 조직이라고 할 수 있는 개방과 하오문을 통해서 말이다.

하지만 한빈은 그들의 행적을 찾을 수 없었다.

다만 이따금 흘러 들어오는 소문으로만 그들을 접했을 뿐이었다.

한 소문으로는, 그들은 강남으로 향하던 중 수적을 만나서

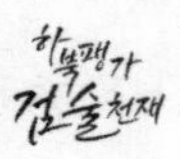

목숨을 잃었다고 했다.

또 다른 소문으로는, 정의맹의 추적을 피해서 서방으로 넘어갔다는 말도 있었다.

물론 소문은 소문일 뿐이었다.

한빈은 그중 어떤 소문도 믿지 않았다.

하지만 둘째 공자가 절대적인 힘을 얻어 자신의 앞에 나타날 줄은 몰랐다.

물론 중요한 것이 하나 더 있었다.

바로 정화 부인의 존재였다.

하북팽가와 하남정가를 동시에 삼키려던 정화 부인.

둘째 공자의 뒤에는 반드시 정화 부인이 있을 터였다.

한빈은 자신도 모르게 눈을 가늘게 떴다.

팽경빈의 눈을 살피기 위해서였다.

그의 눈에 보이는 것은 오직 분노밖에는 없었다.

한빈의 생각대로 팽경빈은 분노하고 있었다.

단순한 분노가 아닌 세상을 집어삼킬 듯한 분노였다.

비록 감정을 억누르고 있지만, 그를 중심으로 미세하게 진동이 퍼져 나가고 있었다.

그 진동은 바로 등에 멘 해금으로부터 흘러나왔다.

해금은 팽경빈의 감정과 이어져 있었다.

드르륵.

드르륵.

이제는 객잔의 바닥이 울리기 시작했다.

구경꾼들이 동요하며 뒤쪽으로 물러섰지만, 그 파동은 점점 커졌다.

그것은 가라앉지 않는 분노 때문이었다.

팽경빈은 이를 부드득 갈았다.

모든 악운은 막내로부터 시작되었다.

가문에서 쫓겨나 세상의 눈을 피해 숨어 지내면서 팽경빈은 지난날을 후회했다.

더 철저했어야 했고, 더 강했어야 했다.

팽경빈은 아직도 가문에서 쫓겨난 이유를 알 수 없었다.

강자는 살아남고 약자는 도태되어야 한다는 가문의 암묵적 규칙에 충실했을 뿐이었다.

그것은 그의 어미 정화 부인의 신조이기도 했다.

가문이 강해지기 위해서 시든 잎사귀는 잘라 내야 하는 법.

그런데 시든 잎사귀를 하나 잘라 냈더니 그 속에 잠자는 용이 숨어 있을 줄이야!

그 용은 바로 막내였다.

하북제일의 겁쟁이라 불리던 막내가 제갈량에 버금가는 책사였을 줄은 아무도 몰랐을 것이다.

막내가 용이라는 것은 그의 어미, 정화 부인의 평가였다.

팽경빈은 막내가 용이라고 생각해 본 적이 없었다.

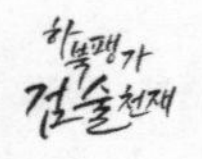

시든 잎사귀 속에 숨어 있는 독사라고 생각했다.

그 독사에게 물려서 벼랑 끝까지 몰린 것이다.

강호인들 사이에서는 막내를 진룡이니 생불이니 하면서 떠들지만, 그것은 모두 과장된 평가였다.

알고 보면 그 소문을 퍼뜨린 것이 무제자 홍칠개와 광개였다.

누가 봐도 막내가 직접 부탁한 것이 분명했다.

팽경빈은 더 세게 이를 깨물며 막내를 바라봤다.

그것도 잠시, 그는 표정을 바꾸었다.

분노에서 환희로…….

팽경빈은 씰룩이는 입술을 멈출 수 없었다.

사실 이제까지의 고통을 참아 낼 수 있었던 것은 막내, 즉 한빈을 만날 날을 꿈꿔 왔기 때문이다.

팽경빈은 자신에게 모욕을 주었던 한빈을 어떻게 요리할까, 하루에도 수십 번씩 상상하곤 했다.

그것도 잠시, 팽경빈은 다시 표정을 숨겼다.

갑자기 정화 부인의 당부가 생각났기 때문이다.

그의 어미 정화 부인은 막내, 즉 한빈을 발견하게 되면 정면 승부를 피하라고 당부했었다.

막내를 발견하는 즉시 발을 빼고 함정으로 유인하는 것이 약속한 계획이었다.

그때였다.

한빈이 어깨를 으쓱하며 팽경빈을 바라봤다.

"아까 하던 얘기를 마무리 지을까요?"

"무슨 얘기 말이더냐?"

"아직도 제가 약해 빠진 새끼 호랑이로 보이십니까? 손 하나 까딱하면 마음대로 할 수 있는 약한 새끼 호랑이 말입니다."

"제법 입을 놀릴 줄 아는 쓸 만한 호랑이가 되었구나."

"아직도 저를 먹잇감으로 보시는군요. 하긴, 형님은 언제나 약자만 건드렸었죠. 그 패착으로 가문을 떠나 떠돌이가 되었지만요."

말을 마친 한빈은 슬쩍 턱짓했다.

그 모습에 평정심을 찾아 가던 팽경빈이 발끈하며 이를 악물었다.

그의 어미인 정화 부인의 당부 따위는 저 멀리 날아간 것이다.

팽경빈은 주변을 둘러봤다.

그의 시선에 백색 무복의 무사들이 반응했다.

그들의 시선을 확인한 팽경빈이 등에 찬 해금을 다시 꺼내 들며 외쳤다.

"모두 들어라! 이곳에서 개미 새끼 한 마리 빠져나가지 못하게 하라!"

팽경빈의 말에, 백색 무사들이 모두 검을 빼 들었다.

그리고 숨어 있던 점소이들이 한둘씩 나타났다.

갑자기 나타난 점소이를 본 구경꾼들은 눈을 크게 떴다.

그들 중 점소이의 기척을 느낀 자는 아무도 없기 때문이다.

그때 거간꾼 조위명이 떨리는 목소리로 말했다.

"허, 우리는 이제 죽은 목숨이군."

"지금 무슨 말을 하는 건가?"

옆에 있던 지인이 조위명을 바라봤다.

그 시선에 조위명이 다시 한숨을 토해 냈다.

"저자들에 살수들까지 몰려왔으니 죽은 목숨이 아니고 뭐겠나? 이 객잔이 살수들의 소굴이었을 줄은……."

조위명의 말대로였다.

살수가 아니고서야 저리 기척을 숨기기는 힘들었다.

구경꾼 중 식견이 있다는 자들은 점소이의 정체에 대해서 짐작하고 있었다.

조위명은 말을 맺지 못했다.

점소이들이 갑자기 속도를 높였기 때문이다.

그들은 일제히 사방으로 퍼져 나갔다.

정확히 말하면 객잔의 벽 쪽으로 달려갔다.

벽에 찰싹 달라붙은 점소이들은 벽 쪽에 있는 족자를 들추었다.

족자 뒤에는 밧줄이 하나씩 매달려 있었다.

그들은 하나같이 지시를 기다리듯 줄을 잡은 채 팽경빈을 바라봤다.

팽경빈이 고개를 끄덕이자, 신호를 받은 점소이들이 일제히 줄을 잡아당겼다.

순간 입구를 지키고 있던 백색 무복의 여인이 재빨리 안쪽으로 한 발 들어왔다.

동시에 입구에서 굉음이 울렸다.

콰앙!

다음 권으로 이어집니다

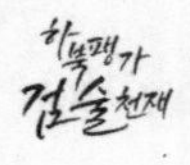